LES CONTES QUÉBÉCOIS DU GRAND-PÈRE FORGERON À SON PETIT-FILS BOUSCOTTE

ŒUVRES COMPLÈTES DE VLB (TOMES PARUS)

Mémoires d'outre-tonneau
Race de monde
La nuitte de Malcomm Hudd
Pour saluer Victor Hugo
Jos Connaissant
Écrits de jeunesse 1964/1969
Un rêve québécois
Les grands-pères
Oh Miami Miami Miami
Jack Kérouac
Chroniques du pays malaisé 1970/1979
Blanche forcée
N'évoque plus que le désenchantement de ta ténèbre, mon si pauvre Abel
Sagamo Job J
Monsieur Melville: Dans les aveilles de Moby Dick
Monsieur Melville: Lorsque souffle Moby Dick
Monsieur Melville: L'après Moby Dick ou la souveraine poésie
Una
Discours de Samm
Don Quichotte de la Démanche
En attendant Trudot suivi de Y avait beaucoup de Lacasse heureux
Manuel de la petite littérature du Québec
Ma Corriveau suivi de La Sorcellerie en finale sexuée et Le théâtre de la folie
Monsieur Zéro suivi de La route de Miami
Cérémonial pour l'assassinat d'un ministre suivi de L'écrivain et le pays équivoque
La tête de Monsieur Ferron ou Les Chians
L'Héritage, théâtre

VICTOR-LÉVY BEAULIEU

LES CONTES QUÉBÉCOIS

DU GRAND-PÈRE FORGERON À SON PETIT-FILS BOUSCOTTE

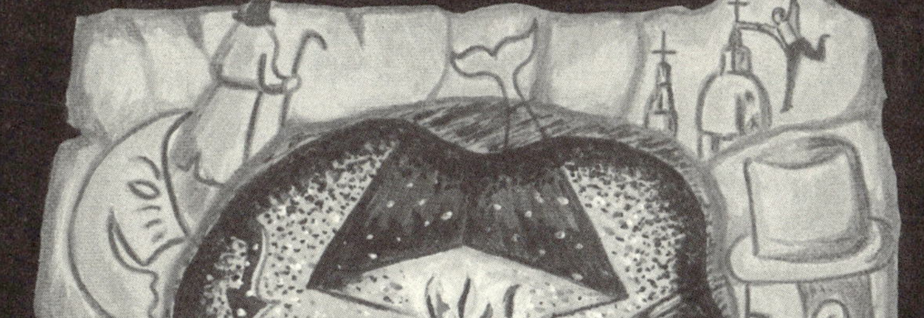

CONTES

ÉDITIONS TROIS-PISTOLES

INÉDITS

Éditions Trois-Pistoles
31, Route Nationale Est
Trois-Pistoles
G0L 4K0
Téléphone: 418-851-8888
Télécopieur: 418-851-8888
C. électr.: ecrivain@quebectel.com

Saisie du texte: Martine Aubut et Katleen Hélie
Conception graphique et montage: Monique Carrier
Révision: Marc Veilleux

Couverture: Illustration de Yves Harrisson
Illustrations intérieures: Henri Julien

Les Éditions Trois-Pistoles bénéficient des programmes d'aide à la publication du Conseil des Arts du Canada, du ministère du Patrimoine (PADIÉ) et de la Société de développement des entreprises culturelles du Québec (SODEC).

EN EUROPE (COMPTOIR DE VENTES)
Librairie du Québec
30, rue Gay Lussac
75 005 Paris France
Téléphone: 43 54 49 02
Télécopieur: 43 54 39 15

ISBN 2-921898-56-X
Dépôt légal: Bibliothèque nationale du Québec, 1998
Dépôt légal: Bibliothèque nationale du Canada, 1998

© ÉDITIONS TROIS-PISTOLES, 1998

*Pour être vivante,
une légende doit servir.*
Louis Lefebvre

INTRODUCTION

Grâce à des organismes comme les sociétés du patrimoine, les facultés universitaires se consacrant à l'étude de notre littérature populaire, grâce à des chercheurs comme Robert-Lionel Seguin, Marius Barbeau, Luc Lacoursière, Hubert Larue et Carmen Roy, pour ne nommer que les pionniers, nous avons maintenant la chance rare de remonter aux origines mêmes de notre folklore et de faire, tout en découvrant l'esprit de nos ancêtres, l'inventaire de sa grande richesse. Car contrairement à ce qu'on est souvent porté à penser, notre folklore est une source sans cesse jaillissante de trouvailles et de redécouvertes qui expliquent dans une très large mesure ce que nous vivons toujours comme peuple francophone en Amérique du Nord. Nos légendes les plus savoureuses ruissellent encore d'humour, de joyeuse naïveté et d'un fatalisme qu'on ne retrouve que dans notre société.

Enfant, mon père me racontait souvent que l'église des Trois-Pistoles, petite ville du Bas-du-Fleuve située à une cinquantaine de kilomètres de Rimouski, avait été construite par le diable.

«Voici, disait-il, comment ça s'est passé. Les ouvriers étaient en retard dans la construction de l'église qui n'avançait pas. Un jour, le curé désemparé fit appel au diable, Dieu restant sourd à ses prières. Le diable fit don au curé d'un magnifique cheval noir, et lui dit: «Je vous prête cet étalon à une condition: c'est que vous ne lui ôtiez pas sa bride. Il fera facilement le travail de dix chevaux parce qu'il est doué d'une force peu commune. Mais rappelez-vous : ne lui enlevez jamais sa bride, sinon vous le perdrez pour toujours. » Les ouvriers furent enthousiasmés par le magnifique cheval car il besognait véritablement comme dix de ses pareils. La construction de l'église reprit donc de plus belle. Mais un matin, un employé fit boire le cheval et le débrida. L'étalon devint furieux et s'enfuit, pareil à une boule de feu dans le paysage. On a retrouvé l'empreinte de ses quatre sabots sur un cran rocheux tout au bout de la paroisse. »

Cette légende se retrouve sous des formes diverses partout au Québec qui aurait vu pas moins de treize églises construites par Satan. C'est souvent le dénouement qui varie à l'infini, alors que le cheval peut aussi bien se métamorphoser en anguille ou, encore, rendre parfaitement inculte la terre dans laquelle il disparaît. Les gens de la paroisse Saint-Laurent de l'île d'Orléans croient encore que leur église a été construite de cette façon-là : toutes les pierres de l'édifice, moins une qui a toujours manqué, auraient été charroyées par Satan métamorphosé en un cheval si beau que personne n'en avait jamais vu de pareil.

Raconter les légendes et les contes est un art oral qui a presque totalement disparu au Québec. Il m'arrive encore à l'occasion de rencontrer de vieilles gens qui se souviennent de notre folklore le plus profond, mais il s'agit d'exceptions : notre mouvance de la campagne à la ville et le peu d'attention que nos grands médias ont consacré à « notre passé plus loin que l'enfance » a fait un trou noir de notre mémoire collective, des légendes et des contes qui ont peuplé les nuits de son commencement, pleins de loups-garous, de feux-follets, de revenants, de maisons hantées, de possédés et d'ensorcelés.

Je me souviens que mes grands-parents, mes tantes et mes oncles se réunissaient chez mon père «pour parler des belles choses du passé». On y racontait souvent les aventures de l'un des cousins de la famille à qui le diable était apparu au cours d'une mystérieuse chasse au trésor quelque part en Gaspésie. Après avoir longtemps creusé, le cousin Ulric avait trouvé un gros coffre sur le bord de la mer, enfoncé jusqu'au couvercle sous terre. Mais le coffre était tellement lourd que le cousin Ulric n'arrivait pas à le sortir du trou. Il eut beau faire appel à son équipe de chevaux canadiens, le fameux coffre refusait toujours de bouger. Du couvercle sortaient des serpents, des lions et des gorilles tous plus affreux les uns que les autres. Ou encore il se mettait tout à coup à faire très chaud ou très froid. Devant de tels phénomènes, tout le monde aurait abandonné la partie, sauf le cousin Ulric qui invoqua le diable. Celui-ci lui apparut et lui dit: «Je t'aiderai mais à une condition: que tu ne dises pas un mot.» Le cousin Ulric promit et le coffre, ensorcelé par le diable, se mit à sortir lentement de son trou. Au moment où le trésor était enfin devant lui, le cousin Ulric hurla: «Ça y est!», ce qui fit retomber le coffre dans la fosse.

Selon Carmen Roy, la croyance des Gaspésiens aux trésors de toutes sortes s'explique par le fait que cette région du Québec a connu nombre de naufrages. Quant au diable, âme damnée des coffres, sa présence peut se justifier ainsi:

«En ce temps-là, chaque voilier portait son coffre-fort; car pas un capitaine n'eût pu transporter dans ses poches les nombreux louis d'or devant pourvoir aux dépenses de ces longues expéditions. Mais lorsque les bâtiments faisaient naufrage et que l'équipage se retrouvait sur le rivage, avant tout, le capitaine demandait à ses hommes, — quand il ne tirait pas à la courte paille, — qui garderait le trésor. Le pauvre malheureux osant offrir ses services était fusillé et enterré à côté du coffre. De là la présence d'une petite lumière, visible occasionnellement au-dessus de la fosse, près de laquelle, souventes fois aussi, le fantôme du gardien apparaît, se promenant de long en large sur les lieux du crime.»

Une autre légende que l'on racontait aux réunions de famille était celle de la jeune femme snob qui, à un bal interdit par le curé, refusait de danser avec les hommes de son village parce qu'elle les trouvait trop «communs». Au milieu de la soirée, arrive un splendide garçon aux yeux noirs comme le jais et aux vêtements sombres. Le drôle de gaillard refuse élégamment d'enlever ses gants et son chapeau, puis exige de la jeune femme snob qu'elle se départisse de la chaîne à la croix d'or qu'elle porte au cou. «Mais pourquoi? demande la jeune femme snob à l'étrange visiteur. Vous gardez bien vos gants et votre chapeau, vous.» Exaspéré, le visiteur prend la chaîne dans sa main; au même moment, il y a comme un éclair, et l'on voit que le jeune homme si beau est véritablement le diable car, sous son gant calciné, apparaissent des griffes. Poussant des cris perçants, le diable s'enfuit par une fenêtre ouverte. Quant à la jeune femme snob, elle paie son commerce avec le diable en se retrouvant avec la peau du cou toute brûlée.

Évidemment, chaque raconteur a sa façon bien à lui de terminer le conte ou la légende. Parfois il s'en tiendra à ce qu'il a appris de ses parents qui tenaient eux-mêmes l'histoire de leurs parents, mais le plus souvent il inventera une nouvelle fin, plus spectaculaire si possible. Par exemple, il ira jusqu'à affirmer qu'il a connu personnellement la jeune femme snob dont il parle, qu'elle vivait même à quelques maisons de chez lui. Mais elle ne sortait plus jamais, honteuse de la marque que le diable lui avait laissée dans le cou et des cheveux blancs qui lui étaient venus prématurément.

Déjà au début du siècle, Hubert Larue écrivait qu'il fallait se rappeler les légendes de chez nous parce que «ceux qui nous ont laissé ces contes qui, depuis quelques années, commencent à se perdre dans la mémoire du peuple, les racontaient au bivouac, au milieu de la forêt, à la belle étoile, entre le combat du jour et celui du lendemain. Et ces héros, soldats aussi fiers sur le champ de bataille que citoyens paisibles à la chaumière, versaient des larmes en les transmettant à leurs enfants: car, pour eux, c'était le souvenir de leur belle Normandie ou de leur noble Bretagne qui se retraçait à leur esprit».

Ainsi donc, la majorité de nos légendes et de nos contes ont l'Europe pour origine. Quelques-uns ont été influencés par les Amérindiens, ce qui est le cas notamment pour *Le Géant,* conte qu'on doit aux Micmacs de la Gaspésie. Le «Géant», c'était un homme de huit pieds qui n'avait qu'un œil au milieu du front et qui marchait sur les grèves aux environs des Méchins. Habitant une caverne, il devenait fou à l'approche des tempêtes et se mettait à hurler. Les habitants l'appelaient «Le Méchant», de là l'appellation de «Méchins», qui n'est que la déformation de ce mot.

Presque plus personne ne parle aujourd'hui des feux-follets, l'une des manifestations les plus amusantes de notre tradition. Les feux-follets, qui se manifestaient sous l'apparence de flammes bleues, rouges ou vertes, n'avaient d'autre ambition que d'attirer les gens dans les précipices, reprenant ainsi à leur façon le mythe des fameuses sirènes d'Ulysse. Les premiers colons trouvèrent toutefois une «recette-miracle» pour écarter les maléfices des feux-follets, incarnations diaboliques de l'esprit malin. Au risque de s'attirer les foudres du grand Lucifer, Hubert Larue en a dévoilé tous les secrets:

«Piquez une aiguille ou votre couteau sur la clôture, et le feu-follet s'arrête tout court, comme par un charme. Alors de deux choses l'une: ou bien le feu-follet se déchire sur le couteau, et par là même se délivre; ou bien il s'épuise en efforts interminables pour passer par le trou de l'aiguille, et dans l'intervalle, vous avez le temps de regagner votre demeure et de vous mettre à l'abri.»

Hubert Larue ne nous apprend toutefois pas ce que les hommes sans couteau ou sans aiguille devaient faire pour éloigner d'eux les insécrables feux-follets, émanations lumineuses du royaume des Morts, à croire que nos ancêtres ne sortaient jamais de chez eux que formidablement équipés pour faire face à tous les démons de l'enfer.

Dans beaucoup de nos contes et de nos légendes, le feu-follet se métamorphose sans difficulté en lutin, le promeneur nocturne dont les aventures abracadabrantes constituaient le clou de toute véritable veillée autour du feu. Le point d'ancrage de toutes ces histoires mettant en vedette les lutins a été fort bien résumé encore par Hubert Larue:

«Combien de fois encore n'est-il pas arrivé qu'en allant à l'écurie, le matin, pour faire son train, on ait été tout surpris de trouver son cheval harassé, épuisé, blanc d'écume avec le crin du cou et de la queue toute tressée. Il aurait fallu être bien naïf pour ne pas reconnaître là encore la marque d'un lutin qui profitait de la nuit et du sommeil des habitants pour se promener à cheval du haut des airs à leurs dépens. Il est consolant cependant d'ajouter que pour lui faire passer cette fantaisie, il suffisait de verser un minot de son à la porte de l'écurie. Le lutin, homme d'ordre avant tout, avait le soin, en prenant congé du cheval, de remettre chaque chose à sa place comme il l'avait trouvée, tâche dont il s'acquittait à merveille en homme scrupuleux. Or, pour parvenir à l'écurie désormais, il lui fallait mettre le pied sur le son, dont les grains se trouvaient par là dérangés. Force lui était donc de remettre un à un tous ces milliers de grains en leur place, comme ci-devant; durant ce temps l'aurore venait, et adieu la promenade!»

Il est facile de comprendre pourquoi la très grande majorité de nos contes et de nos légendes ont pris forme et corps dans les campagnes du Québec; quand l'hiver venait, les petits villages en bordure du Saint-Laurent se voyaient tout à coup isolés des grands centres jusqu'au retour des beaux jours. Ainsi que l'a si bellement écrit Jacques Ferron, tout le pays devenait un déluge de neige sous lequel on entrait en hibernation. Et les habitants, déjà superstitieux et profondément naïfs quant aux supposées manifestations surnaturelles, se mettaient à imaginer toutes sortes d'histoires à partir du moindre événement venant briser la monotonie de la vie quotidienne. Comme le prétend Carmen Roy:

« Ce même homme qui, l'été, dans un café fréquenté par les touristes, fait l'esprit fort, lorsqu'il se trouve, l'hiver, dans sa maison natale encore hantée par ses terreurs enfantines, coupé du monde par la tempête qui dure souvent plusieurs jours et replongé dans son milieu familial où les vieux parents, les vieux oncles et les vieilles tantes, à chaque craquement de plancher, à chaque hurlement du vent, à chaque porte qui s'ouvre toute seule, égrènent d'interminables souvenirs, devient le premier à trembler lorsqu'il voit vaciller une lueur au carreau ou bouger une ombre au fond de l'étable. »

Ajoutez à cela la crainte des Amérindiens, les risques d'un manque de nourriture possible, les incendies alors fort nombreux et vous aurez quelque aperçu de la condition sociale de nos ancêtres, et vous serez en mesure de comprendre des légendes et des contes comme ceux du Revenant, de la Maison hantée, du Loup-garou, de la Gougou et du Bateau fantôme. Dans cette perspective, le mythe de la chasse-galerie est riche en explications de tous genres dont le premier mérite pourrait bien être de ne rien... expliquer du tout.

Tout le monde sait que la chasse-galerie était un moyen de transport plutôt surréaliste dont usaient certains habitants canadiens pour mettre fin aux prodigieuses distances qui rendaient difficiles leurs rapports sociaux.

Au XIXe siècle, un grand nombre de Québécois couraient les aventures dans ce qu'on appelait alors les Pays d'en Haut: on partait de Montréal pour aller établir chantiers dans l'Outaouais où l'on devenait voyageur pour la Compagnie du Nord-Ouest qui avait pris racine jusqu'aux confins des Territoires du Yukon. Loin de la civilisation, les voyageurs et les bûcherons s'ennuyaient de leurs familles et de leurs blondes. Aussi inventèrent-ils une façon unique de voyager, question de couper, ne serait-ce que pour la durée d'une nuit, l'éloignement qui leur devenait insupportable. C'est de ce besoin-là qu'est née la chasse-galerie. De jeunes bûcherons se languissant de leurs bien-aimées invoquaient Satan, déclamaient des incantations magiques à bord d'un grand canot d'écorce qui s'élevait dans les airs pour traverser à grande vitesse l'espace séparant leur campement de celui de la civilisation. Pour que le grand canot d'écorce tienne dans le ciel, Satan imposait trois conditions aux voyageurs: ne pas jurer, ne pas prononcer le nom de Dieu et ne pas toucher, même du bout d'un aviron, les croix surplombant les clochers d'églises.

Pierre-Georges Roy, en cherchant l'origine de la chasse-galerie, a cru découvrir dans les légendes du Poitou et de la Charente (pays de beaucoup de nos ancêtres) la première allusion que l'on connaisse à cette création folklorique, alors qu'un sire de Gallery, en expiation de la faute qu'il avait commise de chasser un dimanche pendant la grand-messe, fut condamné à errer la nuit dans les plaines éthérées jusqu'à la consommation des siècles.

Cette histoire de la «chasse-galery» aurait-elle subi, une fois l'établissement des premiers colons poitevins ou charentais au Canada, des transformations majeures, comme celle de l'adjonction du canot d'écorce et du diable? C'est ce que prétend Jacques Ferron dans les textes qu'il a consacrés au mythe de la chasse-galerie. L'habitant québécois n'étant pas en guerre contre son seigneur, dont il admettait l'autorité de droit, ne connaissait pas la revendication sociale; mais la sévérité de la religion, qui encadrait la vie de tous de la naissance à la mort, générait un manque de liberté dont, grâce à l'imaginaire, on pouvait sortir par l'utilisation du mythe de la chasse-galerie.

Dans *La sorcellerie au Canada français,* Robert-Lionel Séguin raconte une histoire de loup-garou qu'on jugea assez importante pour en faire la manchette de *La Gazette de Québec* du 14 juillet 1776:

«L'on apprend, écrivait le rédacteur, qu'à Saint-Roch, près du Cap Mauraska (Kamouraska), il y a un loup-garou qui court les côtes sous la forme d'un mendiant, qui, avec le talent de persuader, et en promettant ce qu'il ne peut tenir, a celui d'obtenir ce qu'il demande. On dit que cet animal, avec le secours de ses deux pieds de derrière, arriva à Québec le 17 dernier, et qu'il en repartit le 18 suivant, dans le dessein de suivre sa mission jusqu'à Montréal. Cette bête est, dit-on, dans son espèce aussi dangereuse que celle qui parut l'année dernière dans le Gévaudan.

C'est pourquoi l'on exhorte le public de s'en méfier comme d'un loup ravissant. »

Quelques mois plus tard, le loup-garou refait son apparition, après une accalmie de ravaudage :

« Mais l'on vient d'apprendre, par le plus funeste des malheurs, que le loup-garou n'est pas entièrement défait, qu'au contraire il commence à reparaître plus furieux que jamais et fait un carnage terrible partout où il passe. Défiez-vous donc des ruses de cette maligne bête, et prenez bien garde de tomber entre ses pattes. »

En donnant tant d'importance au supposé loup-garou, *La Gazette de Québec* ne faisait qu'entériner un jeu journalistique bien connu, celui de grossir le moindre événement en représentation spectaculaire. Car le si tant terrifiant loup-garou n'était souvent qu'un pauvre voleur exploitant la crédulité des habitants. Cela nous a donné aussi le Bonhomme Sept Heures qui apeurait les enfants, les enlevait même, quand ils n'étaient pas sages et refusaient d'aller se coucher.

Venus de la grande tradition des légendes et des contes français, nos histoires de loups-garous, de revenants, de chasse-galerie et de maisons hantées, peuplent toujours notre imaginaire. Pour avoir baigné dedans comme dans de l'eau bénite depuis mon enfance, c'est un grand plaisir pour moi de raconter ce que mon grand-père nous narrait alors que pareil à Vulcain dans sa boutique de forge de la rue Vézina des Trois-Pistoles, il donnait tout son sens à l'esprit de voyagerie, ce feu roulant de l'imaginaire. Même si je sais aujourd'hui que mon grand-père puisait l'inspiration de ses dires dans le célèbre *Almanach Beauchemin* qui publia ceux de Louis Fréchette, d'Honoré Beaugrand, d'Edmond Rouleau, de Philippe Aubert de Gaspé et de tant d'autres, je m'amuse toujours à faire comme si je l'ignorais: les légendes et les contes viennent de la pensée collective; fondamentalement, ils sont l'écriture de tout un peuple et l'expression sacrée de son affranchissement.

C'est pourquoi j'ai pillé sans remords tous ces conteurs du siècle passé, reprenant souvent les phrases mêmes qu'ils ont écrites après les avoir prises eux-mêmes dans des textes aussi anciens que ceux du commencement du monde. Ce que je vise en faisant ainsi, c'est de démontrer simplement que le passé est un luxuriant roman, qu'il vit toujours en nous, aussi gorgé de beauté qu'à son origine. Ce que je vise aussi en faisant ainsi, c'est de rendre hommage à tous ces faiseurs d'histoires qui, de Pamphile Lemay à Rodolphe Girard, ont illuminé aussi fabuleusement le ciel du Québec.

Et maintenant, mes rôdeuses de gences, esbaudissez-vous comme il faut et éprouvez autant de plaisir à lire ces contes que moi, j'en ai eu à les écrire!

I

LE MASSOU MARCOU DU VIEUX FORT

Toutes les fois que l'été s'en va, s'effilochant dans ses entournures alors que le temps se beurre, je laisse la table de pommier devant laquelle je m'assois pour écrire, je vais jusqu'à la fenêtre de mon bureau, puis je regarde dehors : à part les maskous dont les fruits ensanglantent toujours le paysage, il n'y a plus de feuilles nulle part, plus de fleurs, plus de longues herbes folles faisant comme une mer verte quand le vent soufflait dedans. La terre, elle ressemble à de la vitre, gelée raide. Dans le ciel, de gros nuages bas de plafond qui se bourraillent pour rattraper les oies sauvages parties vers le sud. Il y a là-dedans comme l'appréhension de la mort même, quelque chose de si lancinant que, malgré moi, j'éprouve le besoin de me voir ailleurs.

J'enfile donc mon caban et mon chapeau à large bord, puis je sors prendre une grande bolée d'air. Le vent me cinglant la peau, les odeurs des fleurs mortes me piquant le nez, je marche jusqu'à la rue Vézina, passe devant les grandes portes fermées de la boutique de forge de mon grand-père. Sans m'en rendre compte, je me trouve à avoir rapetissé en chemin : au lieu de mon corps qui a plus de cinquante ans et qui est perclus de rhumatismes, me voilà regréyé de celui que j'avais alors même que, trop petit, je n'allais pas encore à l'école. Je me souviens que dans ce temps-là, le glas sonnait tous les jours. Avec l'arrivée de la froidure, les vieilles gences prenaient le bord du royaume des morts et j'allais souvent leur rendre visite au cimetière avec mon grand-père.

Mais ce n'est point le cas aujourd'hui. À cause de la Sainte-Catherine, c'est comme plein partout de l'esprit des grandes fêtes. Même ceux qui deviendront bientôt mes camarades de classe sont là, devant le magasin *La Familiale* décoré de banderoles, de ballons et de rubans. La fée Carabosse va d'abord distribuer ses torquettes de tire puis, dans une bordée d'applaudissements, le gigantesque Bonhomme Pinottes va apparaître en sortant d'un nuage de fumée, les mains pleines de petits sacs de cacahuètes Planter's qu'il va lancer vers nous.

Le Bonhomme Pinottes est une bien étrange créature : tout entièrement fait d'une énorme écale peinturée à la main, son corps est au moins deux fois aussi grand que celui de mon grand-père; ses bras et ses jambes sont cottés de mailles, de quoi lui donner par le bas et par le haut l'allure étriquée d'un chevalier du Moyen Âge; sa tête est constituée d'un haut de forme noir d'au moins trois pieds de haut; et ses petits yeux, dissimulés dessous, sont aussi rouges que les braises que mon grand-père sort de son feu de forge quand il veut allumer sa pipe.

Ce Bonhomme Pinottes a hanté les nuits de mon enfance; il m'arrive encore de rêver à lui quand l'été bascule tout d'un coup du mauvais bord des choses, dans le royaume des gélivures et des grands vents soufflant de la mer Océane. Je me revois alors devant *La Familiale*, intrigué par ce gigantesque Bonhomme Pinottes qui, son spectacle terminé, disparaît comme il est venu, dans un nuage de fumée. Quelque chose de bizarroïde doit se cacher sous l'énorme écale, mais quoi? Quand je pose la question à mon grand-père, il répond:

— Sacàtibi! Sacàtabac, mon garçon! Vaut mieux pour toi point savoir ce qui se trouve sous l'écale parce que tes cheveux se regricheraient tout seuls sous ton casque de crémeur!

Je ne suis pas le seul à insister auprès de mon grand-père: Ti-Gus Lepage s'est joint à moi, puis Gros-Bras-de-Fer Gagnon, puis Queue-de-Veau Devost. Devant notre insistance, mon grand-père nous dit:

— D'accord, j'allons vous montrer, mais vous êtes prévenus: à compter de tusuite, vous allez vivre dans le risque et le péril. C'est moi, Ti-Toine Beauchemin, qui vous le garantissons!

Avec mon grand-père, nous traversons l'épais nuage de fumée puis, une fois *La Familiale* contournée, on se retrouve devant ce hangar dans lequel sont remisés les boîtes de carton, les bouteilles vides, les légumes et les fruits pourris. La porte du hangar étant ouverte, on entre dedans. Imaginez notre surprise quand, devant une montagne de trognons de choux et de patates rataboisées, on voit le Bonhomme Pinottes se défaire de son écale et que dessous, apparaît le nègre le plus colossal qu'on ait jamais zieuté: la tête frisée comme un mouton, un nez écrasé qui semble prendre toute la place dans la face, de grosses babines rouges en guise de lèvres, et cette voix d'enfer qui s'enpoumonne pour nous crier dans les oreilles:

— Hell of hell! Get out, goddam! Get out, goddam! Get out!

Le Bonhomme Pinottes n'a pas besoin de nous courir après pour nous chasser de son antre : prenant nos jambes à notre cou, nous détalons jusqu'à la boutique de forge de mon grand-père, tout égarouillés de corps comme d'esprit. Quelle étrange découverte nous venons de faire : le Bonhomme Pinottes est nègre et parle anglais en rugissant comme un démon échappé des enfers ! Pour nous, c'est pire que si, brusquement, nous étions tombés au beau mitan de l'Afrique chez une gagne de pygmées papous prêts à nous embrocher pour nous manger, ainsi que nous le racontait l'oncle Ulric, père blanc missionnaire chez les sauvages du Nyassaland.

Arrivé après nous dans la boutique de forge, mon grand-père nous regarde en tirant sur sa grosse pipe, puis nous dit :

— Je vous avais pourtant avertis : on doit jamais voir ce qui doit rester caché, surtout pas l'esprit qui habite sous le masque qu'on porte. Quand on le fait, on ouvre la porte aux âmes condamnées à errer éternellement dans le monde terrible de l'expiation.

Maintenant que mon grand-père s'est assis devant le feu de forge et tire tranquillement sur sa pipe, nous nous sentons moins peureux, comme si toutes les frémilles qui nous ribotaient depuis tantôt dans les jambes nous étaient montées à la tête, redonnant vie à notre curiosité.

— Raconte, grand-père. Raconte.

S'amusant à rallumer sa grosse pipe pour mieux réussir les ronds de fumée grâce auxquels il peut enfin entrer en racontement, mon grand-père laisse passer un bon moment, question de nous exciter encore davantage. Puis, content de nous voir alanguis comme une trâlée d'anguilles envasées, il dit :

— Cric, crac, cra, les enfants! Dans mes parli, parlo, parlons, entendez astheure pourquoi, sous la grande écale du Bonhomme Pinottes, se cache l'âme d'un meurtrier condamné à errer éternellement dans le monde de l'expiation. Commencez d'abord par imaginationner qu'on est dans le grand commencement des choses, quand le pays était juste français, avec des p'tits tapons de monde à Québec, aux Trois-Rivières pis à Montréal qu'on appelait encore Hochelaga.

Pour pas que les Anglais ou ben les Iroquois massacrent les colons comme c'est arrivé à Lachine, on a bâti le fort de Chambly, aura la rivière Richelieu. Dans la garnison qui défendait le fort, il y avait ben évidemment toute une chibagne de soldats, dont l'un de nos aïeuls, Titange Hudon dit Bancal, dénommé ainsi parce qu'il boîtait de la jambe gauche à cause qu'une flèche iroquoise lui avait brisé le tibia. C'est grâce à ce Titange-là que l'histoire du nègre de Chambly a pu parvenir jusqu'à nous autres. J'allons dire comme on dit parfois pour se dégourdir le mâche-patates : c'est teindu noir effrayant!

Mais d'abord, faut que je vous raconte que tenir garnison, c'est pas le diable délurant comme de courir la galipote dans les Pays d'en Haut : t'es obligé de monter la garde sur le dessus de la forteresse, qu'il fasse un temps laitte comme le pichou ou ben qu'il fasse soleil à te plomber la jarnigoine dans ton chapeau de tôle. À part ça qu'on trouvait pas de femmes au fort de Chambly, de quoi débriscailler la corporation de n'importe quel soldat ben amanché.

Pour pas que le feu prenne ailleurs que dans la bouche de ses canons, le sieur gouverneur du Fort de Chambly a mandé au Roi de France de lui envoyer des créatures. Il en est arrivé par pleines goélettes, de tous les gabarits : des minçouillettes, des boufrèses qui faisaient pans de mur, des véloces de la cuisse comme des ben pourvues de l'estomac. Ces créatures-là, on les avait sorties des orphelinats où elles se morfondaient à broder au p'tit point, à tisser des nappes de maître-autel ou ben des couvertures pour leurs évêques. Elles connaissaient pas grand'chose du Nouveau-Monde, sinon que c'était un pays peuplé d'une ben méchante race de monde, avec des plumes sur le croxignole, de l'ocre plein le corps parce que ça faisait la guerre sans arrêt, surtout aux missionnaires sorciers qu'ils jugeaient, pas toujours à tort, autrement plus barbares qu'eux.

Mais malgré que le Nouveau-Monde avait l'air aussi peu accueillant qu'un rhinoféroce en rabette, les créatures avaient quand même traversé l'océan, certaines pour s'enquébécoiser dans la ville du même nom, d'autres pour entendre rugir le gueulard du Saint-Maurice pis les dernières se retrouvant dans Hochelaga ou ben au vieux fort de Chambly.

Pour mon conte, ça tombe d'adon que ça soit au vieux fort de Chambly que vint s'échouer la plus belle des créatures envoyées de France par Ti-Oui le Roi. Imaginationnez une quelqu'une du sesque faible mais qui l'était pas pantoute : une tignasse si blonde que ça avait l'air pareil à de la neige poudreuse, un visage comme peint par Jos Morency, tout en nuances de tons, p'tit nez retroussé par icitte, belle bouche grapigneuse par là-bas, yeux aussi bleus qu'un ciel sans nuages au-dessus, sans parler des pommettes des joues que t'avais le goût de croquer dedans juste à les regarder. Avec ça, une peau blanche comme du lait, du genre de celle qu'on ferait cinq milles sur ses coudes pour avoir le plaisir d'y frotter ses badingoinces. Une dépareillée que cette créature-là, nommée Anne Le Seigneur parce que, greyée de corps pis d'esprit comme elle était, elle aurait pu descendre d'un marquis à chaussettes bleues plutôt que d'un père tonnelier pis poumonique, qui mourut tout jeunot, d'un coup de sang.

Belle comme c'était dans le rarissime à plein, Anne Le Seigneur, surbroquée vitement Blanche, aurait dû trouver à se marier avec quelqu'un de son acabit. Mais c'est souvent comme ça que les choses se passent avec les créatures : quand elles sont laittes comme des péchés mortels, elles épousent des Jos Montferrand, rarement de méchantes tronches ; si elles ont de la beauté jusqu'au boutte de leurs orteils, c'est quasiment couru d'avance qu'elles vont faire marivaudage avec un esclopé de la jarnigoine, un bêtiseux de la capine, un égarouillé du sentiment ou bedon un brosseux que deux verres de rhum dans le gorgoton t'enmorphosent en faiseux de troubles.

Il s'appelait Besset, le mari de la belle Blanche. Besset, ça ressemble pas mal à basset, qui est un genre de p'tit chienot toujours en train de japper. Sauf que le Besset en question, soldat de son métier, se contentait point de hurler ses oraisons à la lune quand la maudite boisson lui déboîtait la corporation. Il jouait les gros bras, même avec sa bourgeoise, cherchait noise aux autres soldats parce qu'en plus d'être un ben méchant buveur, il avait tout le temps peur que les cornes se mettent à lui pousser tout drette sur la caboche. Pour lorsse, il décolérisait pour ainsi dire jamais, ce qui laissait le paysage écharogné partout où c'est qu'il passait. C'est pas pour rien qu'on l'appelait Brisetoute, un surbroquet qui devint célèbre jusqu'aux confins de Chambly, là où les Iroquois pullulaient comme un péril jaune.

Dans le fin fond de la tonne, les Iroquois c'était pas du monde plus méchant que n'importe qui de nous autres, sauf qu'ils s'étaient mis du bord des Anglais. Ça fait que les soldats du vieux fort de Chambly partaient souvent à leur poursuite. C'étaient des fantasques, les Iroquois : même en plein jour, ils couraient après le monde qui travaillait dans les champs aura la garnison, jouant sans discernement du casse-tête, massacrant pis scalpant en veux-tu en v'là. Le fils aîné de Blanche et de Brisetoute avait été pleumé de si belle façon que tout le reste de sa vie, il y a plus un poil d'humanité qui lui a poussé sur la mailloche. Plusieurs fois, Blanche elle-même manqua proche de voir sa blonde chevelure passer dans le grand tordeur iroquois.

Après des palabres aussi longs qu'une palissade, on décida donc de courir après les belliqueux sauvages. Brisetoute fut de l'expédition mais n'en revint pas, attrapé par les Iroquois pis gardé en captivité. C'est là qu'au vieux fort, les choses se corsèrent. Je vous dis que ça : on comptait plus les jeunes soldats qui, certains que le Brisetoute avait été passé aux fers rougis par les Iroquois, se mirent à tourner autour de la belle Blanche. Dans ce temps-là, on ne niaisait pas avec le veuvage, même incertain : les créatures étaient trop rares pour ça. En tout cas, c'est ce que pensaient les jeunots du vieux fort que les amourettes leur chauffaient trop la corporation. Blanche avait beau leur dire qu'elle ferait pas ribote avec eux autres, ils s'essayaient pareil, surtout le dénommé Massou Marcou qui voyait Blanche même dans la soupe qu'il mangeait. Un achalant pas ordinaire, le Massou Marcou : colleux de même, tu vires souvent en tire de la Sainte-Catherine !

Pour faire travailler ses terres que Brisetoute avait abandonnées malgré lui, Blanche s'était loué un homme engagé mais pas de n'importe quelle corporation : il était noir comme de la suie, avec des cheveux poussant aussi dru qu'une talle d'épinettes à corneilles, de grosses lippes pis un nez tellement écrasé que les bajoues avaient l'air de disparaître sous les narines. Imaginez ! Un nègre dans Chambly, le premier pis le seul qu'on verra dans les parages pendant toute une mèche de temps ! On savait pas trop d'où c'est qu'il venait, probablement du port de Halifax qui servait de relais entre l'Afrique et le Nouveau-Monde pour les négriers transportant les esclaves noirs en Louisiane ou ben dans les Caraïbes. On leur faisait ramasser le coton, couper de la canne à sucre ou planter des cacahuètes, toutes des jobs pas payantes pis malocœurantes parce que ça se menait à coups de fouette, avec de la méchante mangeaille dans des cambuses dont tu voyais les étoiles à travers les plafonds.

De quoi comprendre que les lascars prenaient la poudre d'escampette dès que la chance se montrait le boutte du nez. Ça marchait pas souvent parce que c'est difficile de trotter ben vitement dans la fardoche quand t'as des enfarges aux chevilles.

Mais le nègre arrivé dans Chambly avait réussi l'exploit: de Halifax, il avait remonté les rivières Saint-Jean, Kennebec et Boisbouscache avant de prendre le chemin vers Hochelaga en remontant le fleuve. Comme c'était le premier de sa confédération qu'on voyait passer, les Blancs aussi ben que les sauvages pensaient que c'était Lucifer lui-même qui leur apparaissait. Pour lorsse, ils lui ont pas mis de travers dans le chemin par crainte de se voir chatouiller les harlapattes ben bêtement.

Quand il s'est montré au fort de Chambly, ça a ben tombé pour le nègre à cause qu'un soldat de la garnison avait déjà fait du service dans les Caraïbes. Lui, il savait que les noirs c'est du monde pareil à nous autres, mais encore plus durs à l'ouvrage que n'importe quel chrétien blanc. Il le présenta donc à la belle Blanche. En réalité, le nègre avait pas vraiment de nom comme ça arrive souvent dans cette corporation-là. On l'a donc baptisé Sansquartier pour montrer qu'il faisait pas partie de la garnison pis qu'il était pas soldat. La belle Blanche l'adopta pour ainsi dire, ce qui faisait ben son affaire étant donné qu'elle avait deux gros problèmes sur les bras: entretenir les terres que son Brisetoute avait abandonnées en se faisant captif chez les Iroquois pis garder à bonne distance les malotrus qui voulaient se matcher avec elle.

Comme je vous l'ai déjà dit, il y en avait un plus particulièrement, le dénommé Massou Marcou, qui était tannant pas ordinaire, une vraie teigne, à coller aura la belle

Blanche pareil à de la mélasse. Pour cause que le nègre s'est mis à lui mettre des bâtons dans les roues pour protéger sa bourgeoise, ça a pas pris de temps que les choses se sont envenimées : les premiers coups de poings sont venus, puis l'escalade a tourné en foire d'empoigne parce que le nègre était fort comme un bœuf pis que le prétendant de la belle Blanche avait tout le temps le dessous avec lui. C'est la raison pourquoi, après une pleine nuitte de beuverie, on s'est mis à trois pour battre le nègre à coups de manches de hache. On l'abandonna derrière le moulin à farine, la tête comme une forçure toute dégoulinante de sang.

Le lendemain, on découvrit le nègre aussi raide qu'une barre de fer dans toute son amanchure : il était retourné dans le pays de sa naissance, dans la mer de Mélasse qui ceinture vers l'Équateur ce grand pays-là qu'on appelle les Caraïbes, paradis de la canne à sucre pis de la cacahuète. Le Massou Marcou, celui qui lui avait brisé le crâne à coups de manche de hache, savait ben trop qu'on le pendrait par le court pis par le long jusqu'à ce que mort s'ensuive. Il n'attendit donc point que l'huissier, accompagné de son tambour surbroqué Baguette, se montre la face au vieux fort pour le mettre sous arrêt : il prit le bord de la forêt dans l'espoir d'y vivre comme un sauvage.

Mais personne n'étant intéressé à faire commerce avec lui, Massou Marcou devint comme un chien pas de médaille, errant dans le bois pareil à une âme perdue. Quand il mourut défiguré par la p'tite vérole, le bon Dieu qui gouverne et dégouverne le monde trouva que le châtiment n'avait pas été de suffisance. Il condamna donc le méchant homme à errer éternellement dans le monde, toute peinturé noir sous la défroque d'une gigantesque écale de cacahuète. C'est l'âme de ce méchant homme-là que vous avez vu tantôt se dégreyer dans le hangar de *La Familiale,* c'est l'âme noire du dénommé Massou Marcou.

Voilà, les enfants. Astheure que vous en savez le long comme le large sur la belle Blanche du vieux fort de Chambly pis du nègre qui trouva la mort pour l'avoir protégée du Massou Marcou, prenez la porte de ma boutique de forge et retournez-vous z'en à l'école. On distribuera plus de cacahuètes aujourd'hui. Dehors, mes sacàtibis ! Dehors, mes sacàtabacs ! Mon conte étant fini d'en par là, ben le bonsoir, la compagnée !

II

ROSE LATULIPPE

Parfois, quand on sortait de l'école, on n'avait pas le goût de se retrouver tusuite à la maison. On faisait ce détour par la voie ferrée, attachant comme il faut à nos ceintures ces sacs de jute dans lesquels on mettait les morceaux de charbon qui tombaient des locomotives en marche. On se rendait ainsi jusqu'au vieux pont de fer de Tobune puis, piquant à travers le Petit-Canada, on revenait sur nos pas jusqu'à la rue Vézina. C'est là que mon grand-père avait sa boutique de forge et c'était pour lui que, dans nos sacs de jute, on ramassait les morceaux de charbon qui tombaient des locomotives en marche. Mon grand-père n'en avait pas vraiment besoin puisque dans tout le canton, on le disait aussi riche que le roi Crésus lui-même.

En fait, ces morceaux-là de charbon constituaient la base du rituel que mon grand-père avait établi entre lui et nous autres, ses petits-enfants. Ils représentaient en quelque sorte notre droit d'entrée dans la boutique de forge. Délestés de nos sacs de jute, on avait l'autorisation de s'asseoir sur les caisses de beurre que mon grand-père disposait en fer à cheval devant l'établi, juste à côté du feu de forge. D'un grand mouchoir à carreaux, mon grand-père essuyait la sueur qui marbrait son formidable bras droit, celui avec lequel il martelait le fer sur l'enclume puis, fermant les yeux, il se recueillait pour mieux entrer en état de racontement, comme il disait. Toutes les fois qu'on lui apportait nos morceaux de charbon, mon grand-père nous en remerciait en nous narrant une histoire. Son sac à malices en était plein, comme sa grosse blague à tabac, faite d'une vessie de porc, dont il bourrait sa pipe qu'il allumait d'un tison avant de nous dire de sa voix caverneuse :

— Sacàtibi, sacàtabac, les enfants ! Écoutez-moi ben parce que mon histoire commence tusuite d'en par-là ! Que ceux qui ont pas les oreilles assez grandes pour m'entendre décabanent avant que Lucifer lui-même, le roi des enfers, vienne pigrasser dans mon feu de forge !

Ben évidemment, personne ne bougeait : on avait tellement hâte que mon grand-père entre en propos et racontement. Même si nous l'avions déjà entendu des dizaines de fois, l'histoire de Rose Latulippe nous fascinait toujours parce que ça se passait à l'époque de la Mi-Carême et qu'on avait tous l'envie de se déguiser pour la courir d'une maison à l'autre alors que la nuit tomberait de partout, comme décrochée du ciel par grands pans noirs.

Tirant sur sa pipe, mon grand-père disait :

— Il y avait une fois un dénommé Latulippe dont la fille était renommée pour être la plus belle de la paroisse. Tous les garçons couraient après elle, le corps raide, les oreilles drettes pis les yeux dans la graisse de rôti aussitôt que Rose Latulippe se montrait la face en quelque part. Elle aimait ben ça qu'on la trouve belle, qu'on la tasse dans les coins pour obtenir ses faveurs même si elle faisait ça en agace-pissette, tout aguicheuse de corps comme de pensée mais intraitable quand quelqu'un voulait en venir avec elle aux intimités intimes. Rose Latulippe avait peut-être la cuisse véloce, sauf que ça s'arrêtait là : elle se trouvait trop belle pour les garçons de son village. Elle attendait qu'un grand Dieu des routes frappe à la porte chez eux pour l'enlever drette là pis l'emmener de l'autre bord du monde connu, dans une contrée où c'est que le plaisir est comme un élastique qui casse jamais. Pourtant, c'est pas ça pantoute qui est arrivé à Rose Latulippe. Pas ça pantoute !

Mon grand-père rallumait sa pipe et tirait dessus par grandes bouffées, ses yeux noirs pétillant de malice fixés sur nous. Content déjà de l'effet que son histoire faisait dans notre compagnée, il crachait vers le feu de forge, puis ajoutait :

— Ce que je vais maintenant vous raconter se passe le mercredi des Cendres, une journée que la danse est interdite pour que les gripettes remontent pas des enfers, pareils à des squelettes si enragés contre le pauvre monde que ça serait betôt la désolation partout. Personne aurait songé à passer par-dessus un tabou pareil, sauf Rose Latulippe ben évidemment. Pour elle, la religion c'était pas quelque chose qu'on s'enfarge avec, pis d'autant moins que son père, qui l'aimait sans comparaison avec rien, lui passait toutes ses fantaisies. Quand elle parla d'organiser une veillée avec Tipitte Vallerand comme violoneux, le père de Rose Latulippe boqua sur le bacul pour la forme, puis donna son assentiment : on inviterait à la maison la corporation des plus belles jeunesses de tout le canton, Tipitte Vallerand jouerait le *Money Musk* sur son violon puis, toute la nuit, on la passerait à swigner la basquaise dans le fond de la boîte à bois. Pourtant, les choses se sont crinquées ben autrement.

Même si je vous le demandais, vous pourriez pas me dire comment ça s'est passé, torvisse, non !

Depuis le temps qu'on entendait mon grand-père raconter l'histoire de Rose Latulippe, on en savait presque autant que lui sur le sujet. On savait que les prétendants de Rose Latulippe étaient arrivés en borlot de tous les coins de la paroisse, sur leur trente-six, leurs bottes sauvages fraîchement enduites de graisse de marsouin. On savait que Rose Latulippe était resplendissante dans sa belle robe rouge dont le décolleté écrianché mettait en valeur la rondeur presque parfaite de sa poitrine. On savait itou que la mère de Rose Latulippe considérait comme une hérésie la veillée organisée par sa fille et qu'elle avait refusé d'y participer, s'assoyant plutôt sur une chaise droite, loin du violoneux et des danseurs, son chapelet dans les mains, comme quelqu'une qui s'attend au pire.

Pour ne pas faire déplaisir à mon grand-père, nous faisions toutefois semblant d'être des ignares de première catégorie, et restions attentifs, assis bien droit sur nos caisses de beurre dans la boutique de forge. Mais comme nous avions hâte que le beau danseur arrive enfin ! Alors mon grand-père s'enflammait comme les braises quand on dirige vers elle la grande bouche édentée du soufflet de forge, puis il disait :

— Au milieu des jeunesses, Tipitte Vallerand jouait le *Money Musk* comme jamais encore il l'avait fait. Rose Latulippe passait d'un garçon à l'autre parce qu'elle n'en trouvait pas un seul pour s'esbaudir avec : Fefi Labranche avait les oreilles en porte de grange ; Ti-Coq Pommerleau lui marchait dessus à cause des ergots qui lui servaient de pieds; le Zèbre à Roberge lui faisait peur, par rapport aux deux longues cicatrices qui lui mangeaient la face, du front jusqu'au menton. Pour Rose Latulippe, la soirée était gaspillée. Sur le coup de onze heures, elle vint pour mettre tout son monde à la porte quand on entendit une voiture s'arrêter devant la maison, dans une volée de guerlots aussi sonores que la grosse cloche de l'église. Du coup, Tipitte Vallerand en échappa son archette pis tout le monde se précipita aux fenêtres pour voir qui survenait de même, dans un tel déploiement de fanfare. On vit d'abord le plus beau cheval noir qu'on pourrait imaginationner, avec des yeux qui lui flambaient dans la tête, une crinière comme celles des broncos sauvages pis un corps si fringant qu'on aurait pas été surpris de le voir grimper sur le toit de la maison. Son conducteur était à l'avenant, beau comme une estatue, avec des yeux de braise lui itou. On ouvrit la porte au visiteur inattendu, puis le père Latulippe lui dit, croyant avoir affaire à un grand seigneur:

— Soyez le bienvenu chez moi. Dégreyez-vous pendant que les jeunesses vont aller dételer votre guevalle.

— C'est point nécessaire, répondit le visiteur. Je suis très pressé, je pourrai pas rester davantage qu'une demi-heure. Ça serait donc vous donner du trouble pour rien de dételer mon cheval. Il va m'attendre devant la porte.

— Enlevez au moins votre capot de chat sauvage pis votre casque.

— Pour le capot de chat sauvage, je veux ben. Mais mon casque, j'aimerais autant le garder. J'ai un peu mal à la tête, par rapport à une branche d'arbre trop givré qui s'est cassée pour me tomber dessus.

— Ce qu'il vous faut, c'est un petit verre d'eau-de-vie. Ça va vous remettre le chrétien chevelu à la bonne place, vous allez voir.

Quand il arrivait là dans son histoire, mon grand-père se tapait les cuisses de ses grandes mains osseuses, frappait sa pipe sur le bord du feu de forge, puis ajoutait:

— Manquant de bouteilles pour sa liqueur de caribou, le père Latulippe s'était servi de celle qu'il utilisait pour sa réserve d'eau bénite. Quand le visiteur avala d'un trait le verre qu'on lui offrit, il grimaça pour ainsi dire infernalement, comme s'il avait bu de la térébenthine. Il s'escoua les pleumats puis, parce que tout le monde le regardait avec les yeux grands comme des trente sous, il fit quelques pas vers la fille de la maison: «J'espère, ma belle demoiselle, que vous serez à moi ce soir et que nous danserons toujours ensemble.» Loin d'être effarouchée par le regard sournois du visiteur, Rose Latulippe lui répondit: «Tout le plaisir sera pour moi, mon beau seigneur.» Elle le suivit au milieu de la cuisine où Tipitte Vallerand avait repris son violon pour jouer encore son fameux *Money Musk.* Jamais dans toute la paroisse on avait vu un couple de danseurs aussi agiles, un couple de danseurs aussi ben accordé. On aurait dit deux papillons tournant vertigineusement autour d'une lampe allumée. C'était beau rare, de quoi s'écarquiller les yeux en se lichant les badingoinces d'envie.

Question de ménager sa monture pour qu'elle n'arrive pas trop vite à l'écurie, mon grand-père se mettait à taper des pieds en faisant de grandes simagrées avec ses bras, comme s'il était devenu Tipitte Vallerand emporté par la cadence endiablée de son violon. Puis s'arrêtant brusquement de gester, mon grand-père donnait un formidable coup de marteau sur l'enclume qu'il y avait entre lui et nous. Il disait ensuite :

— Ça, c'est minuit qui vient de sonner dans la maison du père Latulippe. Ça veut dire que Tipitte Vallerand doit ranger son violon parce que la veillée est finie. « Une dernière danse ! demande le visiteur à Rose Latulippe. Ne m'avez-vous pas promis d'être à moi, non seulement pour la soirée mais pour toujours ? »

Pauvre Rose Latulippe ! Son beau danseur l'avait tellement enfirouapée qu'il ne lui restait plus guère de jarnigoine dans le ciboulot. Toutefois, il lui fallait ben minauder pareil, ne serait-ce que pour donner le change par-devers le père Latulippe que les oreilles commençaient à lui friscoter pour la peine. À l'invitation de danser une dernière fois, Rose Latulippe répondit au visiteur : « Vous vous moquez d'une pauvre fille d'habitant, monseigneur. Je sais ben qu'une fois la veillée finie, vous allez repartir avec votre beau cheval noir sans même me donner votre adresse. » Le visiteur se fendit en quatre pour prouver à sa cavalière tout le désir qu'il avait d'elle. « Je vous jure que je suis l'homme le plus sérieux du monde, dit-il à Rose Latulippe. Dites-moi oui et plus rien ni personne pourra jamais nous séparer. Je vais vous aimer jusqu'à la fin des temps. »

Il en mettait pis en remettait, notre enjôleur ! Rose Latulippe se voyait déjà marcher à son bras dans la grande allée de la basilique de Québec, avec une pluie de pétales de roses qui lui tomberait sur la tête, sans parler, ben sûr, de la musique nuptiale jouée aux grandes orgues. Un clin d'œil de plus pis elle se retrouvait en pâmoison! Pour que ça n'arrive pas, elle dit: «J'accepte, oui j'accepte d'être votre promise pour toujours!» Le visiteur avança alors la tête vers elle pour lui marmonner à l'oreille: «Comme preuve de votre sincérité, laissez-moi vous embrasser.» Mais quand Rose Latulippe lui tendit la joue, vous pouvez pas imaginer ce qui arriva.

Mon grand-père ne voulait surtout pas qu'on défasse son conte en prenant la parole à sa place: il retirait donc du feu de forge la barre de fer, la trempait dans le seau d'eau qu'il y avait à ses pieds. Puis l'enlevant de là en faisant des moulinets avec, il disait:

— Vous avez entendu le bruit que ça a fait quand l'eau a touché à la barre de fer. Ben, dès que les lèvres du visiteur se sont posées sur la joue de Rose Latulippe, la même chose est survenue, comme si un frappe-à-bord l'avait piquée pour lui sucer tout son sang. En poussant un cri de douleur, Rose Latulippe fit deux pas par derrière, toute sa corporation interbolisée. Quant à lui, le visiteur faisait semblant de s'apercevoir de rien. Il sortit même de l'une de ses poches un superbe collier, puis l'offrit à Rose Latulippe: «Ôtez votre collier de verre et acceptez, belle Rose, pour l'amour de moi, ce collier de vraies perles.» Le visiteur fit un grand sourire quand Rose Latulippe mit la main à son collier pour en faire sauter l'agrafe. Au bout du collier pendait une petite croix pis, toutes les fois que le visiteur jetait l'œil dessus, son visage prenait l'aspect d'une forçure tellement ça rougissait sans comparaison avec rien. Heureusement pour Rose Latulippe qu'elle n'eut pas le temps d'aller plus loin avec son collier de verre, car le diable m'enfourche si je sais ce qu'il aurait ben pu survenir!

Rose Latulippe dut son salut à quelques jeunesses qui, désabusées de voir qu'elle ne s'intéressait pas à leurs courtisaneries, étaient sorties de la maison pour prendre une grande bolée d'air. Là, ils avaient eu la surprise de leur vie à cause du beau cheval noir du visiteur:

— Toute la neige avait fondu mystérieusement autour de lui pis ses pieds portaient sur la terre ferme comme si on avait été dans le plein de l'été. Le tonnerre grondait dans le ciel que de grands éclairs fourchus traversaient de part en part. Les jeunesses rentrèrent à la maison pour prévenir le père Latulippe qui sortit à son tour afin de vérifier leurs dires. En voyant la neige fondue autour du beau cheval noir pis les grands éclairs fourchus au-dessus de la maison, en entendant le martèlement du tonnerre dans la nuit noire comme de l'encre, le père Latulippe se sentit virer à l'envers dans sa bougrine, ses cheveux se dressèrent tout drette sur sa tête. Ils comprenait enfin qu'on hébergeait chez lui le roi des enfers, Lucifer lui-même, dans toute la gloire de ses pompes pis de ses œuvres.

Egarouillé, le père Latulippe se jeta à genoux dans la neige et se mit à prier. Il savait point que le vieux curé de la paroisse en faisait autant, invoquant Dieu, lui demandant de pardonner les péchés que commettaient tous ceux-là qui, faisant fi de la morale chrétienne, célébraient dans le vice le mercredi des Cendres. Les lamentations du père Latulippe se rendirent jusqu'à lui. Aussi courut-il réveiller son bedeau, lui disant: «Vite, Origène! Lève-toi pis attelle ma jument au plus sacrant! On a dans la paroisse une âme en train de perdre son salut éternel à cause que le diable se grapigne amont elle! Vite, Origène! Amène le borlot devant le presbytère!»

Le bedeau se démena tellement le gras des jambes que le vieux curé, une bouteille d'eau bénite dans les mains, sauta betôt dans le borlot. Fouettée par le bedeau, la jument fendit l'air, plus rapide que n'importe quel bronco sauvage. On n'avait plus beaucoup de temps devant soi pour sauver la pauvre Rose Latulippe car le diable, au fin boutte de sa patience, allait se jeter sur elle, la prendre à bras-le-corps pis l'entraîner vers la fenêtre au travers de laquelle il comptait ben passer pour rejoindre plus vite son beau cheval noir qui l'attendait toujours devant la maison. Mais le vieux curé était déjà entré dans la cuisine. Il passa son étole autour du cou de Rose Latulippe puis, s'interposant entre elle pis le diable, il s'écria: «Que fais-tu ici-dedans, triste sire, parmi mes chrétiens?» Loin d'être démonté par la présence du vieux curé, Lucifer lui répondit en frais-chié, disant: «Moi, je ne reconnais point pour chrétiens ceux qui, par mépris de votre religion, boivent, jouent de la musique et dansent quand ils devraient faire pénitence. À part ça, Rose Latulippe s'est donnée à moi. Regardez sa joue: pour les siècles des siècles, j'y ai laissé ma marque en l'embrassant.»

Sans que le diable s'en rende compte, le vieux curé avait débouché la bouteille d'eau bénite. Il en aspergea l'infâme créature: «Rétro, Satana! Rétro!» lui criait-il dans les oreilles sans cesser d'agiter sa main en guise de goupillon. En tombant sur l'infâme démon, les gouttes d'eau bénite faisaient comme des trous dans ses habits; en sortaient des odeurs de soufre pires encore que celles qui vous piquent le nez quand on ébouillante les cochons au temps des grandes boucheries. «Rétro, Satana! Rétro!» s'écriait toujours le vieux curé en repoussant le diable vers la porte. Quand il sauta dans son borlot, ce fut avec la queue entre les jambes tant l'eau bénite lui avait ranci la corporation. Lucifer, le roi des enfers, n'était plus qu'une vieille chique de tabac toute ratatinée comme une peau de chagrin. Une vraie pitié, pareil au beau cheval noir qui avait l'air tout désossé devant le borlot, les oreilles molles, le crin aussi terne que de la filasse. Oui, une vraie pitié, que je vous disons! Une vraie pitié!

Maintenant que mon grand-père avait congédié le diable de son histoire, nous savions que le conte était terminé. Mais nous étions si bien dans la boutique de forge, assis tout droit sur nos caisses de beurre ordonnées en fer à cheval devant l'établi, que nous voulions faire durer le plaisir. Aussi demandions-nous:

— Pis Rose Latulippe? Le diable parti, que c'est qu'elle est devenue, Rose Latulippe?

— Une ben triste de créature, mes enfants! En vérité, une ben triste de créature! On la retrouva sans connaissance aura le poêle à bois, les cheveux tout blancs, la moitié de la joue comme arrachée. Elle était devenue si repoussante qu'on ne trouva point dans toute la paroisse une seule jeunesse intéressée désormais à la marier. Rose Latulippe entra donc au couvent, tellement fêlée dans sa caboche qu'à part les troncs qu'on lui demandait de remplir d'eau bénite, elle ne se montra guère utile en quoi que ce soit, trop décrianchée d'âme et de corps.

Allongeant le bras vers le feu de forge pour y vider le tabac calciné qu'il y avait dans le fourneau de sa pipe, mon grand-père ajoutait encore, bouclant enfin la boucle de son conte :

— Sacàtibi, sacàtabac, les enfants ! C'est ainsi que mon histoire finit d'en par-là ! Cric, crac, cra, ma gagne de jacks mistrigris ! Fini les parli, parlo, parlons ! Pis ben le bonsoir, toute la compagnée !

III

LE TUYAU DE CASTOR DE JEAN-OLIVIER CHÉNIER

Mon grand-père détestait les curés, je pense l'avoir déjà dit. Mais il avait la dent autrement plus aiguisée encore contre les Anglais ou bien Dollard des Ormeaux, sans doute parce que notre famille s'était métissée au peuple malécite et que le prétendu héros du Long-Sault, par ailleurs voleur de pelleteries, favorisait par ses actions l'extermination des sauvages. Pour mon grand-père, seul Jean-Olivier Chénier méritait d'être adulé comme un authentique patriote : n'avait-il pas donné sa vie pour que le pays puisse advenir enfin dans la joie fondatrice de la liberté ? N'avait-il pas été tué par les Anglais qui, non contents de le poursuivre jusque dans l'église de Saint-Eustache, lui avaient brisé la poitrine, s'emparant de son cœur pour l'exhiber au bout d'une pique à la face même des malheureux rebelles de 1837 ?

Quand mon grand-père nous rappelait l'épopée de Jean-Olivier Chénier, c'était souvent vers la fin du mois d'octobre alors que les grandes marées déportaient sur terre un vent à écorner les bœufs. C'était le temps aussi des pluies gélivantes, des feuilles mordorées des érables qui tombaient par grappes, des premières flaques d'eau transformées en glace, qui se brisaient comme de la vitre quand nous mettions les pieds dessus. Ce temps-là de l'année remplissait mon grand-père de nostalgie. Au beau mitan du jour, il lui arrivait alors de déposer son gros marteau sur l'enclume, de mettre son long ciré noir, de sortir de la boutique de forge et d'en refermer les grandes portes avant de prendre le chemin du cimetière.

En sa qualité de fossoyeur attitré de la paroisse, mon grand-père avait la charge de défardocher les abords du cimetière, de redresser les croix de bois ou de les radouber, de solidifier les bases des pierres tombales et, de façon plus générale, de voir à ce que chacun des lots fut bien entretenu.

Celui de notre famille prenait beaucoup de place dans le cimetière : les enfants emportés par la méningite ou la tuberculose y étaient plus nombreux que leur nombre. Mon grand-père leur accordait toujours une grande attention, presque aussi méticuleuse que celle qu'il vouait, tout au bout du lot familial, à la grosse pierre tombale sous laquelle avait été enterré le héros du conte auquel il tenait le plus. C'était une étrange histoire, si bouleversante qu'elle était la seule capable d'émouvoir vraiment mon grand-père quand il nous la racontait.

Sur la grosse pierre tombale, on pouvait lire cette inscription : *À la mémoire de mon ami Rodolphe Girard, de l'oncle Césaire, de Jean-Olivier Chénier et de son tuyau de castor.* En soi, c'était déjà intrigant parce que le patronyme de Girard nous était inconnu dans la famille : si nous étions apparentés aux Casgrain, aux Morency, aux Côté, aux Charest et aux Desjardins, personne de notre clan ne s'était jamais acoquiné aux Girard. Un autre détail aussi étrange que celui-là, c'était que mon grand-père nous avait déjà dit que personne ne reposait sous la grosse pierre tombale, que si on creusait dans la terre, on n'y trouverait qu'un caisson d'acier contenant un énorme tuyau de castor. Mais quand nous lui demandions de nous expliquer pourquoi il en était ainsi, mon grand-père, pourtant si loquace dans son ordinaire, restait sans voix. Les yeux tournés vers la grosse pierre tombale, mon grand-père poignait le fixe, trop perdu dans ses pensées pour être seulement capable de dire un mot.

Pour tout avouer, mon grand-père nous raconta son conte seulement quand fut déménagé le cimetière devenu trop exigu sur son lopin de terre devant l'église. On le transporta aux confins du village, au cours d'une curieuse cérémonie dite de la translation des restes. Ce jour-là, nous accompagnâmes mon grand-père au cimetière, impressionnés par tout ce qu'on sortait de terre : des bouts de planches pourries, autrefois des cercueils ; des ossements aussi frettes que la mort même ; des croix de fer mangées par la rouille ! Si on n'avait pas eu autant de curiosité pour le caisson d'acier et l'énorme tuyau de castor qu'il renfermait, on aurait pris nos jambes à notre cou pour filer tout drette rue Vézina tellement la peur nous habitait.

La grosse pierre tombale enlevée, mon grand-père prit sa pelle de fossoyeur pour se mettre à creuser. Il ne mit pas de temps à atteindre le caisson d'acier, à le retirer de son trou, à défaire la barrure qui le tenait fermé. Quand le couvercle s'ouvrit, on vit l'énorme tuyau de castor apparaître, si soyeux dans ses poils bleutés qu'il avait l'air aussi neuf que ceux qu'on pouvait voir dans la vitrine de chez *Gagnon Guénilles,* juste en face de l'église. Mon grand-père ne pouvait plus se défiler : il lui fallait maintenant entrer en état de racontement pour nous apprendre l'histoire de l'énorme tuyau de castor. Il commença donc ainsi :

— Je vous ai souvent narré que mon père a passé toute sa jeunesse à courir les aventures, dans les Pays d'en Haut comme chez les Têtes-de-Boules de la rivière Saint-Maurice. C'était un habitué du faubourg des Quatre-Bâtons, en plein cœur des Trois-Rivières, là où c'est qu'on trouvait les cabaretières les plus délurées de tout le Bas-Canada. Un de ces cabarets-là appartenait à la famille Girard dont le plus jeune fils, Rodolphe, se faisait bûcheron durant les grandes vacances de l'été, histoire de payer ses études dans le Grand Morial, son rêve étant de devenir journaliste. Dans les chantiers de la Saint-Maurice, mon père pis Rodolphe Girard sont devenus de grands matchés : ils bûchaient ensemble, ils sortaient de compagnée pour courir le billet doux avec les mêmes filles, ils écoutaient de concert les mêmes contes qu'autour d'un bon feu, les anciens leur faisaient connaître.

C'est parce qu'il avait les oreilles pareilles à des éponges que Girard devint conteur à son tour. Il en savait autant sur la sorcellerie que le plus âgé des anciens, avec un sac à malices toujours rempli à ras-bords. Faut dire que les excentriques ne manquaient pas dans sa famille, si nombreux qu'à eux seuls, ils auraient pu ré-écrire le *P'tit Albert* au grand complet. Mais le plus éberluant de tous, ça a sûrement été l'oncle Césaire.

Juste à la description que mon grand-père faisait de l'oncle Césaire, il y avait de quoi se détendre d'un seul coup toute la jarnigoine. Mon grand-père disait :

— Imaginationnez une manière de gringalet que les jambes lui montaient quasiment jusqu'au rasibusse du cou, avec une mangeoire à moineau en guise de mâche-patates, un nez tout cabossé pis un crâne qu'on avait dû passer à la varlope parce qu'il était rond comme une boule de billard, sans même un poil follet dessus. Ajoutez par-dessus une redingote à glissoires dorées au boutte de laquelle trônait le plus énorme tuyau de castor jamais vu, pis vous avez une bonne idée de la portraiture que l'oncle Césaire présentait au monde quand il apparaissait dans le village de Bécancour. Il avait hérité de la ferme de ses parents, avait gardé la maison mais vendu le fond de terre pour mieux jouir de sa vie de rentier solitaire. En tant que héros de la bataille de Saint-Eustache, est-ce que c'était pas son droit de jouir d'un tel privilège ?

Comme mon grand-père nous regardait dans les yeux, nous pensions que la question s'adressait à nous. Nous aurions bien voulu y répondre mais la bataille de Saint-Eustache ne représentait pas encore grand-chose à nos yeux. Nous étions trop jeunes pour savoir déjà que les Anglais avaient fait notre conquête, qu'ils nous traitaient comme des nègres blancs et que quelques-uns de nos ancêtres, dont Jean-Olivier Chénier, avaient fondu leurs cuillers pour en faire des balles avant de s'insurger, ce qui les avait menés tout droit à l'église de Saint-Eustache dans laquelle ils étaient tous morts glorieusement.

La parenthèse refermée sur l'importance des Patriotes, mon grand-père reprit :

— L'oncle Césaire, qui avait combattu aux côtés de Jean-Olivier Chénier, avait dû se réfugier tout comme lui dans l'église de Saint-Eustache. Un éclat d'obus tiré par un canon souffla l'oncle Césaire comme une chandelle. Du coup, il alla revoler tête première dans la porte du confessionnal, ce qui le défrisa de la capine pour l'éternité. Sans connaissance, l'oncle Césaire ne vit plus rien de la bataille de Saint-Eustache, surtout pas les Anglais qui profanaient les saintes espèces, écrasaient les hosties sous leurs bottes tout en buvant le vin consacré. L'oncle Césaire ne vit surtout pas que Jean-Olivier Chénier avait lui-même succombé, qu'on lui avait ouvert la poitrine pis que betôt, on exhiberait son cœur au bout d'une pique dans tout Saint-Eustache !

Quand l'oncle Césaire revint à lui, c'était comme si tout l'enfer avait d'un seul coup de langue remonté jusque sous ses pieds. Dans l'amas de pierres, il se redressa, interbolisé dans sa corporation, comme si le grand rêve de libération des Patriotes était deviendu le plus effroyable des cauchemars : tant de cadavres autour de lui, tant de sang versé pour rien ! Quand il retrouva le corps profané de Jean-Olivier Chénier tout disloqué aura le maître-autel, l'oncle Césaire devint comme halluciné. Jamais plus la vie ne serait comme avant, tournée vers l'espoir et la liberté. On marcherait à la surface du monde et des choses comme des squelettes tout vêtus de noir, emportés déjà vers le pays desséché de la mort.

Tout le temps qu'il avait combattu, Jean-Olivier Chénier portait un énorme tuyau de castor au poil si lisse que ça irradiait de grands reflets cuivrés. En tombant sous les balles des Anglais, Jean-Olivier Chénier avait perdu son énorme tuyau de castor, qui avait roulé jusque sous la chaire, coincé entre elle pis la grande colonne la soutenant. L'oncle Césaire mit grand soin à en extraire le couvre-chef sacré de Jean-Olivier Chénier. Il le nettoya de ses gravats, se le mit sur la tête puis, comme tant d'autres patriotes vaincus, s'en retourna dans son village.

C'est ainsi qu'il entra dans la légende lui aussi, se promenant dans les rues de Bécancour vêtu de sa longue redingote noire, chapeauté de l'énorme tuyau de castor de Jean-Olivier Chénier qu'il protégeait du soleil, de la pluie ou de la neige en tenant à la main un parapluie aussi sombre que le reste de son accoutrement. À qui voulait l'entendre, l'oncle Césaire racontait l'épopée de Saint-Eustache; et ses yeux autrement vitreux se remplissaient alors d'une lumière si vive que cela en devenait insoutenable.

— Mais l'oncle Césaire vieillissait, continua mon grand-père. Quand il allait défuntiser, que deviendrait l'énorme tuyau de castor de Jean-Olivier Chénier? Personne dans Bécancour ne le savait, sauf l'oncle Césaire pis le forgeron devenu son ami, peut-être parce que les deux se ressemblaient au fond : en habitant la caverne de Vulcain, le forgeron fait monter le feu du ventre de la terre; déjà tout maigri de corps et d'âme, l'oncle Césaire n'attendait plus que le jour où il tomberait tout d'un pan dedans. Il disait au forgeron : « À force de m'assire dessus, j'ai usé le banc qui est là près de ton feu de forge. À ma mort, ma maison pis tout ce qu'on va trouver dedans, c'est à toi que je vais les donner. »

Mais l'énorme tuyau de castor? Toutes les fois que le forgeron lui posait la question, l'oncle Césaire répondait : « Je veux qu'on m'enterre avec. Malheur à celui qui n'exécutera pas ma volonté. »

Un jour de novembre, l'oncle Césaire défuntisa d'une congestion de poumons: ayant rendu visite à son ami le forgeron, il s'en retournait ben tranquillement chez lui quand un gros orage le surprit en chemin. Lui si prévoyant qui ne sortait jamais sans son parapluie, il n'avait point pensé ce jour-là le prendre avec lui. Pour protéger son énorme tuyau de castor, l'oncle Césaire l'avait enlevé de sa tête, roulé dans sa redingote puis mis sous son bras. Sans son chapeau pis sa redingote, l'oncle Césaire se retrouvait aussi nu pour affronter la tempête qu'un petit veau en train de naître. Aussi, quand il rentra chez lui, ce fut pour ne plus se relever.

Son compatriote le forgeron hérita donc de la maison pis de l'énorme tuyau de castor qu'à Saint-Eustache, Jean-Olivier Chénier portait encore le jour de sa mort. Mais contrairement au vœu exprimé dans la dernière volonté de l'oncle Césaire, le forgeron héritier ne l'enterra pas avec le fameux chapeau. Il le garda pour lui, ben en vue sur une petite table, au pied de la couchette de sapin qu'il y avait dans sa chambre. Pour le sûr, il aurait pas dû faire ça. Comme forgeron, il savait ben qu'il faut obéir aux dieux du feu parce qu'ils représentent les gardiens du royaume des morts.

En dérogeant pareillement à la loi, le forgeron était pas mieux que mort. Étendu dans sa couchette de sapin même par la nuitte la plus noire possible, il voyait quand même le chapeau qui se mettait à prendre des formes aussi biscornues que son esprit; tantôt, c'était comme deux grandes pierres qui lui tombaient sur le ventre pis tantôt encore, ça ressemblait à de grandes mains qui s'approchaient de sa gorge pour la serrer jusqu'à étranglement.

L'âme insatisfaite de l'oncle Césaire ravaudait dans la chambre, c'était ben évident. Mais plutôt que de lui rendre justice, le forgeron préféra garder le chapeau, au risque de s'abîmer la santé en se mettant à boire comme un trou, de manière à juguler la peur qui le pognait dès que son corps allongé sur la couchette de fer, l'énorme tuyau de castor s'enmorphosait.

Deux mois après la mort de l'oncle Césaire, le forgeron avait l'air d'un squelette : il mangeait plus, il dormait plus, il tournait en rond dans Bécancour, titubant parce que toujours saoul comme une bourrique. Soi-disant parce qu'ils l'avaient pris en pitié, trois méchants garnements le firent boire encore davantage puis, pour se débarrasser de lui, lui mirent un fusil à la main après l'avoir convaincu de rentrer à la maison.

Ne voyant pas ce que le fusil venait faire dans le conte, je le dis à mon grand-père. Il leva la main vers le ciel, montrant les gros nuages noirs qui se bourraillaient dedans, excitant le vent des grandes marées, faisant virevolter les feuilles mortes et noircir l'horizon, puis il dit :

— Pour se rendre chez lui, le forgeron devait passer devant le cimetière. Avec le temps qui avait attrapé la danse de saint Guy, le forgeron squelette avait ben trop peur de prendre tout seul le chemin. Armé d'un fusil, ça le confortait un brin. Faut dire que le moment a pas tardé où c'est qu'il a éprouvé le besoin de s'en servir. Il faisait une nuitte de charbon, venteuse à plein avec du grand miaulage pis du hurlement de gripette aussi criard que le gueulard du Saint-Maurice. Le forgeron avançait là-dedans comme sur une peau de banane, tous ses nerfs à la renverse sous sa bougrine. Passé l'église, il y avait le cimetière qui se dressait drette devant lui. Malgré la noirceur, voilà t'y pas qu'il voit surgir le fantôme de l'oncle Césaire, juste devant la fosse où on l'avait enterré. Plus squelette que ça, même avec un énorme tuyau de castor sur le cabochon, t'es un froissement de tôle dans un monde de loups-garous! Ajoutationnez à ça que le squelette hurlait comme un possédé, pis vous allez comprendre pourquoi, tout démanché par la peur, le forgeron a épaulé son fusil, visé le squelette pis tiré sur lui, faisant venir un cri de mort qu'on entendit même aux confins de Bécancour!

Arrivé là dans son dire, mon grand-père retroussait sa grosse moustache et partait à rire.

— C'est pas drôle, grand-père. Pourquoi tu ris si c'est pas drôle?

— En réalité, c'est pas un squelette que le forgeron avait vu dans le cimetière, mais le dénouement de la farce que lui avait jouée les trois mécréants qui l'avaient fait boire. Devant la tombe de l'oncle Césaire, ils avaient attaché un p'tit bœuf tout noir en lui ficelant entre les cornes l'énorme tuyau de castor qu'ils avaient été chaparder dans la chambre du forgeron. C'est sur le p'tit bœuf tout noir que l'halluciné avait tiré! Quand on lui conta la chose, le forgeron enfirouapé ne voulut même pas se rendre au cimetière pour récupérer le tuyau de castor. Il confia cette mission-là à son neveu Rodolphe Girard qui envoya la précieuse relique à mon père, icitte même aux Trois-Pistoles, accompagnée d'une lettre dans laquelle il lui racontait le conte que je viens de vous narrer. En sa qualité de forgeron obéissant aux lois du feu qui gouvernent et dégouvernent le monde, mon père fabriqua le caisson d'acier, mit dedans l'énorme tuyau de castor de Jean-Olivier Chénier pis l'enterra au fin fond du cimetière dans le lot familial. C'est en son hommage, à celui de Jean-Olivier Chénier, de l'oncle Césaire pis de Rodolphe Girard qu'il a gravé lui-même l'inscription qu'on peut encore lire sur la pierre tombale.

Tout esbaudis par le conte, nous regardions les mots encavés dans le marbre noir tout autant que le caisson d'acier dans lequel était protégé à jamais l'énorme tuyau de castor de Jean-Olivier Chénier. Pour l'une des rares fois dans toute l'année, nous avions hâte de nous retrouver sur les bancs de la petite école pour mieux y apprendre comment on devient un héros comme l'avait été Jean-Olivier Chénier. Nous étions si excités que c'est à peine si nous entendions mon grand-père réciter ses sacàtibis et ses sacàtabacs afin que nous puissions saluer la compagnée, sortir du conte et nous retrouver simplement dans le cimetière, au mitan même de cette grande cérémonie funèbre dite de la translation des restes, et qui se mettait enfin en branle.

En guise d'hommage à
Henri Julien
*le premier illustrateur
des contes de par chez nous*

IV

LA CHASSE-GALERIE

C'est toujours avec une grande impatience que nous attendions l'arrivée du jour de l'An, parce que mon grand-père recevait tout son monde dans la grande maison de la rue Vézina, qui jouxtait sa boutique de forge et le champ de framboisiers qu'on cultivait derrière, entre quelques rangs de pommes de terre et un carré de choux d'hiver.

On se rendait chez mon grand-père vers la fin de l'après-midi. Devant la maison, on avait dételé les chevaux, laissant là les carrioles, les borlots et les traîneaux dont les longues menoires, entrecroisées, avaient l'air d'avoir été mises là pour que nous dansions au-dessus d'elles le cotillon écossais.

Dans la maison, ça sentait bon le cipaille, les oreilles de Christ, la flique et les tracas tout frais sortis des fourneaux embraisés. Une centaine de personnes allaient manger tout leur content puis, par petits groupes, on ferait la fête, mon oncle comme harnaché à son violon tandis que ma grand-mère l'accompagnerait sur son accordéon à pitons.

Tard dans la soirée, nous monterions l'échelle de corde qui, dans la cuisine d'été, menait au grenier. C'était là que, dans des couchettes de fer, nous dormions, nous les enfants. Mais avant d'être abrillés comme il faut par mon grand-père et de tomber, tout mous, dans les bras de Murphy, nous avions droit de demander une faveur. Après tout, nous célébrions la nouvelle année !

— Mets ta tuque à pompon, grand-père. Mets ta ceinture fléchée aussi. Bourre ta pipe, allume-la et raconte-nous une histoire.

— Ben sûr que j'allons vous narrer un conte, les enfants! Mais seulement si vous gardez les yeux ben fermés pis que vous ravalez vos commentaires. Je voulons pas de mâche-patates qui s'ouvrent. Je voulons pas entendre craquer un seul des ressorts de vos couchettes. Sinon, je me dégreyons autant de la tuque que de la ceinture fléchée, pis je filons par l'échelle de corde, ni vu, ni connu, comme un fifollette!

Nous nous faisions tout petits dans nos lits, surexcités comme des taurailles qu'au printemps on met au pacage, et nous nous mordions la langue pour ne pas faire déplaisir à mon grand-père. C'est alors qu'il se râclait la gorge comme si le fameux gueulard du Saint-Maurice s'était terré dedans, et qu'il récitait les paroles sacrementelles: «Cric, crac, cra, les enfants! Parli, parlo, parlons! Pour en savoir le court pis le long, passez le crachoir à Titoine Beauch'min! À la porte ceux qui écouteront pas!» Puis entrant comme toujours en état de racontement, sa voix caverneuse de forgeron chassait la nuit loin du grenier et de la grande maison de la rue Vézina. Mon grand-père disait:

— Mais s'il y a des gripettes parmi vous qui auraient envie de courir la chasse-galerie ou ben le loup-garou, je vous avertis que ça serait mieux pour eux autres d'aller voir dehors si les chats-huants battent le sabbat. Ça va les refrédir pour une mèche de temps, croyez-moi.

Autre râclement de gorge et mon grand-père partait enfin en racontement, disant:

— On était à la veille du Jour de l'An, en pleine forêt vierge, dans les chantiers des Ross, en haut de la Gatineau. La saison avait été neigeuse à plein, de sorte qu'on voyait même plus le toit de notre campe. Le foreman avait distribué une bouteille de rhum à tous les hommes du chantier, on avait mangé le fricot de pattes, les glissantes pis l'on sauçait nos entâmes de pain dans le quart de mélasse qui chauffait sur la truie nous servant de poêle. Notre bouteille de rhum avalée, ça nous a dégourdi le sentiment: on s'est tous mis à penser à nos blondes qu'on avait laissées à se languir par chez nous. Après avoir tété le goulot de sa bouteille de rhum, le grand Baptiste Lhébreu s'adressa à la compagnée:

— Pourquoi on va pas fêter le Jour de l'An à Lavaltrie? Moi, je voudrais ben serrer ma blonde dans mes bras, bondance!

— Es-tu fou, Baptiste Lhébreu! On est à cent lieues de Lavaltrie! À part ça, le chemin pour sortir du bois est pas allable, y a au moins six pieds de neige qui le recouvrent partout.

— Pourquoi on marcherait pour sortir du bois? Tout ce qu'il nous faut, c'est un canot d'écorce pis des avirons. Le reste, moi j'en fais mon affaire.

J'avais compris tusuite où c'est que mon insécrable de Baptiste Lhébreu voulait en venir. Il me proposait rien de moins que de courir la chasse-galerie pis de risquer mon salut éternel pour le plaisir d'aller embrasser ma blonde à l'autre boutte du monde. C'était raide en tornon, même pour un homme de chantier comme moi, un brin ivrogne à cette époque-là, pis un brin débauché aussi par rapport que manger de la balustre, j'étais loin d'être doué pour. Mais risquer de vendre mon âme au diable, c'était une autre paire de manches.

— T'es rien qu'un chiant-en-culottes! protesta Baptiste Lhébreu. Y s'agit juste d'aller à Lavaltrie pis d'en revenir dans six heures. C'est une affaire de rien en autant qu'on prononce pas le nom du bon Dieu en chemin pis qu'on accroche pas de clochers d'églises en voyageant dans les airs. Moi, j'ai déjà couru la chasse-galerie cinq fois sans qu'il m'arrive jamais malheur. Ça fait que prends ton courage à deux mains pis, si le cœur t'en dit, dans deux heures on est à Lavaltrie.

— T'oublies une chose, Baptiste Lhébreu. Pour que la chasse-galerie fonctionne, faut prêter serment au grand Lucifer lui-même. Le grand Lucifer, c'est pas une créature qui niaise avec les engagements qu'on prend avec elle.

— Une simple formalité. Si on boit pas, si on tient sa langue, si on pense à rien d'autre qu'à l'aviron qu'on va avoir dans les mains, on va filer tout drette jusqu'à Lavaltrie.

Vue sous cet angle, la chasse-galerie me parut un brin inoffensive. Je suivis donc Baptiste Lhébreu devant le campe où le grand canot de la drave était déjà tout fin prêt pour le voyage, avec six autres coupeurs de billots qui nous attendaient à côté, l'aviron à la main. Sans m'en rendre compte vraiment, je me retrouvai dans le grand canot, l'aviron pendant sur le plat-bord, attendant le signal de départ. Deboutte à l'arrière, Baptiste Lhébreu se mit en frais de nous enmorphoser:

— Répétez après moi ce que je vais dire.

C'étaient des mots magiques dont le grand Lucifer lui-même avait communiqué le secret à Baptiste Lhébreu. Ça se disait comme suit:

— Satan, roi des enfers, nous te promettons de te livrer nos âmes si, d'icitte à six heures, nous prononçons le nom de ton maître et du nôtre, le bon Dieu, pis si nous touchons une croix dans notre voyage. À cette condition, tu nous transporteras à travers les airs jusqu'à Lavaltrie, pis tu nous ramèneras de même façon icitte, à notre campe. Acabris! Acabras! Acabram! Fais-nous voyager par-dessus les montagnes!

De décoller de la terre dans un canot d'écorce, c'est pas de la petite sensation ordinaire. Ça nous en coupait le respir et nous frisait le poil en dessous de nos bonnets de carcajou. Torvisse que ça filait vite! Même le vent avait formance de feluette en comparaison avec la vitesse de notre grand canot. On naviguait au-dessus de la forêt en apercevant en dessous de nous rien d'autre que les bouquets que formaient les têtes des grands pins noirs. Au milieu du ciel, la lune était aussi ronde qu'un œil de matou en rabette. Malgré le gélivrage qui avait transformé nos moustaches en pains de glace, de grandes souleurs nous démanchaient le paroissien. C'était normal étant donné que Lucifer lui-même chauffait rouge la fournaise de notre désir.

On passa ainsi au-dessus de la Gatineau. Puis, petit à petit, nous aperçumes les lumières qui éclairaient les maisons des habitants. Après, ce furent les clochers d'églises, aussi reluisants que les baïonnettes des soldats qui font leur exercice sur le champ de Mars dans le Grand Morial. On passait au-dessus de ces clochers aussi vite que défilent les poteaux du télégraphe quand on voyage en chemin de fer, laissant derrière nous des traînées d'étincelles. C'est Baptiste Lhébreu, le possédé, qui gouvernait toujours. Quand nous arrivâmes au lac des Deux-Montagnes, il s'écria :

— On passera pas tout drette de même au-dessus du Grand Morial ! On va s'amuser à faire peur aux galipoteux qui sont encore dehors à cette heure-citte. En rasant les toits des maisons, chantons-leur une bonne vieille ritournelle de chantier.

Pour pas s'étouffer en chantant, on cracha nos torquettes de tabac par-dessus bord, puis nous entonnâmes à l'unisson la complainte du grand canot volant :

>Mon père n'avait fille que moi
>canot d'écorce qui va voler
>et dessus la mer il m'envoie
>canot d'écorce qui vole, qui vole
>canot d'écorce qui va voler !

Nos voix étaient si fortes que les gences s'arrêtaient dans les rues du Grand Morial pour nous regarder passer, mille fois plus spectaculaires que n'importe quelle envolée de canards sauvages. Mais nous allions si vite que le royaume des sulpiciens fut betôt derrière nous. On commençait même à reconnaître des clochers qui nous étaient enfin ben familiers : celui de la Pointe-aux-Trembles, celui de Repentigny, celui de Saint-Sulpice puis, de quoi se trémousser la corporation, les deux grandes flèches argentées de Lavaltrie.

— Attention! gueula Baptiste Lhébreu. Nous allons atterrir à l'entrée du bois, dans le champ de mon parrain, Jean-de-Dieu Jean. À pied, on ira surprendre nos blondes qui doivent danser le cotillon dans quelque fricot du voisinage.

Nous les retrouvâmes chez le père Baptissette Augé qui avait déplumé sa dinde pour le réveillon, débondé son baril de rhum pis monté de la cave ses cruches de bière. Il nous accueillit dans ses bras ouverts, avec tant d'entregent que Baptiste Lhébreu nous obligera à faire caucus:

— Pas de bêtises, les gars! Pas de sacres ni de boisson! On se décapote pis on danse tant que je vous ferai pas signal pour qu'on s'en retourne au campe, ni vus ni connus!

Moi, j'avais déjà reluqué la petite Guimlette, une rôdeuse de belle créature toute en jambes, avec une poitrine qui aurait obligé le grand Lucifer lui-même à se trémousser jusqu'au fin fond de sa corporation. Une danse n'attendait pas l'autre: quand c'était pas la gigue simple, on troussait la gavotte, débriscaillait la voleuse ou ben entrechatait le menuet François. Avec la petite Guimlette qui se collait amont moi, j'étais au septième ciel du contentement. Pour un peu, je me serais marié comme les sauvages sous la couverte, sans en demander permission au bonhomme Guimlette.

C'était malheureusement pas le cas de notre Ti-Jean Crapotte que la p'tite vérole avait rendu aussi laitte que le surbroquet qu'il portait. Sa peau comptait autant de trous qu'un fromage de gruyère, de grands poils follets poussaient là-dedans comme des chicots à flanc d'écores. Avec une face pareille, Ti-Jean Crapotte aurait été mieux de se faire bardache ou ben croque-mort: les filles se poussaient de lui dès qu'il tournait un œil de côté pour les zieuter, ce qui était ben suffisant pour le porter vers la bouteille. Il manquait jamais une occasion pour se paqueter la fraise, le grand fond de tonne! Ni le rhum ni la bière ne manquaient chez le bonhomme Guimlette: on avait qu'à tendre le bras pour se retrouver avec une nippe de revigorant à la main. Malgré le mot d'ordre donné par Baptiste Lhébreu, Ti-Jean Crapotte s'était arrosé le gosier plus que de raison, pour pas dire qu'il était chaudaille raide. On pouvait pas le laisser continuer de s'enivrer, notre retour au campe de la Gatineau dans le grand canot volant s'en serait trouvé fâcheusement menacé.

On quitta donc la fête comme de vrais sauvages, sur la pointe des pieds, sans saluer personne, même pas ma danseuse, la petite Guimlette, qui me le pardonna jamais: elle me trigauda de belle façon en mariant un porteur de cornes qui lui vinrent du peu d'attrait qu'avaient ses bijoux de famille pour une demoiselle aimant pratiquer le billet doux. Mais j'en voulus longtemps à ma boufresse, la petite Guimlette, qui ne daigna même pas m'inviter à ses noces, en trop grande fâcherie qu'elle était contre moi.

Dès qu'il mit les pieds dans le grand canot volant, Baptiste Lhébreu tomba endormi raide: les derniers reels écossais lui avaient fourbi la reliure pis descendu le rinquier jusqu'en bas des chevilles. On eut beau lui tarabuster la corporation, pas moyen de le désendormir. On n'avait donc plus personne pour gouverner le grand canot volant jusqu'à notre campe de la Gatineau. La désespérance nous guettait quand Ti-Jean Crapotte nous dit:

— J'ai déjà conduit la chasse-galerie, du faubourg des Quatre-Bâtons des Trois-Rivières jusqu'à Bytown. Moi, je vais vous ramener au campe!

Quand je voulus protester, je me fis revirer sans ménagement:

— Je connais mon affaire! gueula Ti-Jean Crapotte. Ça fait que mêle-toi des tiennes pis avironne, bout de crime!

Avant d'avoir eu le temps de répliquer, le nouveau conducteur du grand canot volant prononça les mots magiques: «Acabris! Acabras! Acabram! Fais-nous voyager par-dessus les montagnes!», ce qui nous emmena tusuite dans le haut des airs. On s'ennuya aussitôt de Baptiste Lhébreu parce que Ti-Jean Crapotte, c'était pas le capitaine Népos comme timonier; il menait ça tout croche, comme un insécrable coquecigrue. Plutôt que de nous diriger vers la Gatineau, il nous fit prendre des bordées vers la rivière Richelieu après avoir manqué proche de nous faire empaler jusqu'au fondement sur le clocher de l'église de Contrecœur. Au mont Beloeil, nous faillîmes frapper de plein fouette la grande croix de tempérance que monseigneur de Forbin-Jeanson avait fait installer là après l'une de ses fameuses croisades.

J'avoue que la peur commençait à me tortiller le califourchon, car si Ti-Jean Crapotte continuait à nous conduire ainsi tout de travers, nous allions flamber betôt comme un feu de fardoche. C'est ce qui nous arriva quand nous repassâmes au-dessus du Grand Morial. Ti-Jean Crapotte nous fit prendre une shire puis, dans le temps d'y penser, le grand canot piqua du nez dans un banc de neige au flanc du mont Royal. Le gosier chesse comme un chicot, Ti-Jean Crapotte monta sur ses grands ergots, se mit à sacrer comme un possédé puis, pour ajouter à sa feuille de route déjà peu reluisante, il nous menaça de descendre dans les faubourgs pour se mouiller l'alouette avant de repartir pour la Gatineau. Là, je me fâchai noir. Si Ti-Jean Crapotte pensait que je laisserais ainsi mon âme s'en aller tout drette chez le grand Lucifer lui-même, il se mettait un doigt dans l'œil jusqu'au coude. Je le pris donc par le rasibusse du cou, le couchai au fond du grand canot où, avec les autres coupeurs de billots, je l'attachai comme une saucisse avant de lui mettre un bâillon pour qu'il n'abîme pas l'espace de ses sacres une fois que nous serions dans les airs.

Je pris moi-même la gouverne du grand canot pis je l'aurais mené sans avarie devant notre campe de la Gatineau si Ti-Jean Crapotte ne s'était pas défait de ses liens pis de son bâillon avant de se lever tout drette au milieu de nous autres en hurlant un «Bout de Christ du Saint-Câlisse!» qui me fit frémir jusqu'au trognon de ma crigne. On était perdus. Le grand canot heurta la tête d'un gros pin, ce qui nous envoya tête première en bas au travers des branches, pareils à des perdrix auxquelles on aurait coupé le cou en plein vol. Ben avant d'arriver au pied de l'arbre, je perdis connaissance, la tête remplie de brûlantes chandelles.

Quand trois jours plus tard, je remontai des enfers en ouvrant les yeux, je me retrouvai couché dans mon bed du campe de la Gatineau, emmené là par des bûcherons qui m'avaient trouvé enseveli sous un banc de neige. Le grand canot était disparu, de même que mes camarades. Ils n'avaient sans doute pas eu ma chance (j'avais fait le signe de croix avant de perdre conscience) et le grand Lucifer lui-même les avait obligés à monter dans sa voiture pour les siècles des siècles. Malgré les questions que les gars du campe me posaient, je restai sur mon quant-à-moi : c'était déjà pas si beau d'avoir presquement vendu son âme au diable, sans s'en vanter en plus !

Tout ce que je peux rajouter, c'est que c'est moins drôle qu'on le pense d'aller voir sa blonde en canot d'écorce, en plein cœur de l'hiver, en courant la chasse-galerie, surtout si vous avez un maudit ivrogne qui se mêle de gouverner. Pour embrasser toutes les petites Guimlette du Bas-Canada, vaut mieux attendre que l'été appareille : sur terre, les routes sont autrement plus sûres que dans le ciel pis les risques de se faire enfourcher par le diable sont à peu près inexistants, tant il est vrai que le soleil, quand on est au beau mitan du mois d'août, est plus efficace contre le grand Lucifer lui-même qu'une croix noire de tempérance, un signe de croix ou ben une pleine cruche d'eau bénite !

Ben voilà, les enfants : mon conte est maintenant rendu dans ses grosseurs. C'est donc fini pour mes parli, parlo, parlons ! Vous avez mon ben le bonsoir, toute la compagnée ! À l'année prochaine, mes sacàtibis ! Avec le paradis à la fin de vos jours, mes sacàtabacs ! Ainsi soit-il.

V

LA MONSTRESSE GOUGOU DE TADOUSSAC

Pendant les longues vacances de l'été, mon grand-père fermait pour quelques jours les grandes portes de sa boutique de forge. Il attelait Bélial au cabriolet et s'en allait à la gare accueillir l'oncle Ulric, missionnaire oblat dans les lontaines contrées du Nyassaland. Même si l'oncle Ulric nous impressionnait à cause de sa robe blanche, du gros crucifix qu'il portait à sa ceinture et de son énorme barbe qui paraissait lui manger tout le visage, nous avions toujours hâte de le voir descendre de *L'Océan limité* en portant son étrange valise verte dont le cuir avait été taillé dans la peau même d'un crocodile. Alors que la vapeur sortait de partout de la locomotive, l'oncle Ulric nous apparaissait dans une surréalité telle qu'il devenait pour nous tous l'image même du grand Dieu des routes, celui qui connaissait la profondeur de tous les paysages et le foisonnement de tous les rêves.

Mais l'oncle Ulric nous impressionnait bien davantage encore pour sa passion de la navigation. Dans sa jeunesse, il avait bourlingué avec mon grand-père sur toutes les mers et piloté dans l'estuaire du Saint-Laurent un caboteur baptisé le *Don de Dieu,* en hommage à Samuel de Champlain, le fondateur de Québec.

Ce caboteur-là existait encore du temps de mon enfance même s'il ne servait plus à grand-chose, remisé qu'il était dans un hangar tout en démanche au bout du quai, là où le lit vaseux du fleuve apparaissait au baissant de la marée. C'est dans ce hangar-là que mon grand-père et l'oncle Ulric passaient les quelques jours durant lesquels les portes de la boutique de forge restaient fermées. Ils s'amusaient à radouber le vieux caboteur, à en laver le pont, à en repeindre la cabine et le bastingage, juste pour le plaisir de raviver en eux les souvenirs anciens puisqu'il n'était plus question de prendre la mer, le moteur du vieux caboteur ayant rendu l'âme depuis longtemps.

Une fois le vieux caboteur renippé dans tous ses racoins, mon grand-père et l'oncle Ulric entraient dans l'appentis de la boutique de forge pour remplir d'huile les grands fanaux qui s'y trouvaient. Ils faisaient toujours ça au soir tombé, de manière à mieux nous exciter quand, ressortant de l'appentis, ils agitaient au bout de leurs bras les grands fanaux allumés en nous invitant à les suivre. Nous descendions le chemin de la grève, mon grand-père et l'oncle Ulric devant, l'un revêtu d'un long caban noir et l'autre comme flottant dans sa robe blanche, les longs poils de sa barbe paraissant tout roussis à cause des lueurs fauves que projetaient les grands fanaux. Dans un tel environnement, l'oncle Ulric ressemblait alors bien davantage à la bête à grand'queue qu'au grand Dieu des routes qu'on avait accueilli à sa descente de *L'Océan limité*. Peut-être que poursuivi par les lions sauvages du Nyassaland, il en avait oublié de faire ses pâques, ce qui l'obligeait toutes les nuits à s'enmorphoser en cet animal bizarre, porteur de cornes, avec des yeux aussi brillants que des tisons, une queue toute rouge, longue d'au moins six pieds et zigzaguant par derrière sans équipollence avec rien.

Cette image-là de la bête à grand'queue nous suffisait. Elle nous apeurait tellement que nous nous faisions tout petits tant que nous ne franchissions pas les portes du hangar dans lequel le vieux caboteur était remisé. En brandissant les grands fanaux au-dessus de leurs têtes, mon grand-père et l'oncle Ulric chantaient alors que le fleuve montait rapidement vers nous :

    Larguez les amarres
    Montez les voilures
    Du haut du mât
    On voit les grandes battures
    Beaucoup plus loin
    Une baleine des hauts-fonds
    Oh ! Capitaine!
    Suivons le goéland !

    Dans mes voyages
    J'ai vu plus d'un pays
    Vogué vingt fois
    Sur tous les océans
    Quant aux tempêtes
    J'ai failli y sombrer
    Mille prières
    Pour ne point y rester.

    Baie de Tadoussac
    J'ai hâte d'y accoster
    Sur le bord de la grève
    J'embrasserai Rose-Aimée

    Quant à l'amour
    À bord de mon voilier
    Ça monte, ça baisse
    Ça dépend de la marée !

C'est bien évidemment mon grand-père qui terminait seul la chanson pour ne pas faire déplaisir à l'oncle Ulric qui, la nuit, en avait déjà bien assez de se transformer en bête à grand'queue sans offenser en plus la religion à laquelle il avait voué sa vie. Alors que nous nous installions par terre dans la cabine et que l'oncle Ulric empoignait le gouvernail comme si nous étions déjà en train de voguer sur l'eau, mon grand-père disait :

— Avant d'être missionnaire dans les contrées lointaines du Nyassaland, l'oncle Ulric avait le poil follet au menton, le gras de jarret véloce, sans compter que la langue lui pendouillait pas pour rien devant l'alouette. C'était un fameux raconteur d'histoires aussi.

— C'était dans l'Ancien Testament, rétorqua l'oncle Ulric. C'était avant que notre propre père se donne tout à toi pour te léguer sa boutique de forge pis sa maison. T'étais l'aîné : ça allait donc de soi. En même temps, t'as hérité du casque de crémeur, symbole de celui qui raconte des histoires dans notre famille.

— Pour une fois, on pourrait faire exception.

— Non, je suis au gouvernail du *Don de Dieu* pis j'y reste. Je suis tiguidou comme je suis.

— T'avais la tousse pourtant.

— Laisse faire ça, puis ameille une fois pour toutes !

Mon grand-père savait que l'oncle Ulric n'ajouterait plus un mot tant que les grands fanaux ne se seraient pas délestés de toute leur huile. Il faisait donc mauvaise fortune bon cœur, bourrait sa grosse pipe, faisait craquer l'allumette de bois, enflammait le fourneau puis, quand le brulôt se mettait à lui chauffer fort la bouche, il entrait enfin en état de racontement, disant :

— Cric, crac, cra, les enfants ! Dans mes parli, parlo, parlons, je commençons drette d'en par-là mon histoire de la Gougou de Tadoussac, une monstresse tellement fantiseuse que même Samuel de Champlain a dû faire sa connaissance quand, venant de France à bord du *Don de Dieu,* il fit escale devant l'Île Bonaventure. En sa qualité officielle de géographe royal, Champlain devait dresser la carte de l'île, comme celle de toutes les autres que le *Don de Dieu* longerait depuis l'estuaire du Saint-Laurent jusqu'à Québec. Pour éviter que son bateau ne s'échoue dans le sable de grève, Champlain fit descendre une chaloupe à la mer afin de se rendre sans désagrément dans l'Île Bonaventure. Mais il n'avait point quitté encore le pont du *Don de Dieu* qu'un parti de Micmacs montait à bord pour le dissuader de mettre pied à terre. Quand Champlain en demanda la raison, le sagamo répondit : « Si vous allez dans l'île, vous n'en reviendrez jamais vivant, mais dévoré tout rond par la Gougou, la plus infâme des créatures qu'on puisse trouver de par tout le Nouveau Monde. »

Intrigué, Champlain se rappela les nombreux récits qu'il avait lus sur la découverte de l'Amérique, notamment les relations de Jacques Cartier qui prétendait avoir rencontré des hommes velus à grandes oreilles, toujours en train de marcher à quatre pattes et qui, parce qu'ils n'avaient point d'ouverture au fondement, étaient forcés à ne boire que de l'eau. D'autres créatures, toujours aussi étonnantes, n'avaient qu'une jambe avec laquelle elles sautaient de ci de là par petits bonds. Quand ces créatures-là étaient pressées, elles se joignaient deux à deux pour mieux courir à un train d'enfer.

— Mais la Gougou, grand-père ?

— Selon le sagamo des Micmacs, elle était comme un mélange de la bête à grand'queue pis du plus ravagnard des cyclopes. Pareillement au cyclope d'ailleurs, la Gougou n'avait qu'un œil en plein milieu du front; quand cet œil-là se posait en quelque part sur toi, tu devenais aussi mal pris que le bonhomme Caïn poursuivi dans le désert par le bon Dieu qui gouverne et dégouverne le monde. Ajoutationnez à ça que la Gougou, haute au moins comme un trois-mâts, avait le haut du corps d'un homme tandis que tout le bas était celui d'une femme. Sachant cela, vous comprendrez comme moi qu'elle mangeait comme une ogresse, mais seulement la chair des gences qui se prétendaient de nations sauvages. La Gougou les attirait dans l'Île Bonaventure, les poignait de ses grandes mains velues pour mieux les avaler tout rond.

Ben évidemment, le sagamo des Micmacs ne révéla point à Champlain que la magie de la Gougou n'était d'aucune efficacité par-devers l'homme blanc, avec pour résultat qu'aucun matelot du *Don de Dieu* ne voulut débarquer. Champlain décida de remettre à plus tard son exploration de l'Île Bonaventure, fit larguer les amarres pis continua son expédition sur le Saint-Laurent. Quand le *Don de Dieu* passa aura l'Islet aux Massacres du Bic, puis devant l'Île aux Basques, il trouva chaque fois un autre parti de sauvages pour l'informer que la Gougou habitait là aussi.

— C'est impossible, grand-père. Y a personne au monde qui peut être à plusieurs endroits en même temps.

— Je suis parfaitement d'adon avec ça. Et Champlain lui-même le comprit quand il accosta dans la baie de Tadoussac pis qu'il apprit que les Basques, qui pêchaient depuis des siècles la baleine dans le fleuve, avaient attaqué le navire de son ami le sieur des Monts, blessé plusieurs matelots et tué son capitaine. Les Basques ne reconnaissaient pas aux Français le droit que ces derniers s'étaient arrogé de faire commerce en toute exclusivité avec les sauvages. D'où leur fâcherie contre le sieur des Monts, symbole des prétentions de la France. Quand Champlain essaya, par ses truchements, de mettre les Malécites pis les Montagnais de son bord, c'est par une fin de non-recevoir qu'on l'accueillit. Pas question pour les sauvages de se mettre à dos les Basques, à cause de la Gougou dont ils les menaçaient.

Sur le coup, Champlain ne fit pas le rapport pourtant évident entre la Gougou de l'Île Bonaventure, celle de l'Islet aux Massacres, celle de l'Île aux Basques pis celle de la baie de Tadoussac. Il ne comprit pas tusuite que les Basques avaient inventé la monstresse pour rester maîtres des îles du fleuve comme de ses grandes baies, au détriment de toutes les autres nations. Ce n'est qu'une fois le *Don de Dieu* accosté à Québec, avec les deux pieds ben au chaud devant la grande cheminée de *L'Habitation*, que Champlain comprit l'astuce des pêcheurs basques.

L'oncle Ulric qui, jusque-là, était resté silencieux à faire semblant de mouvoir la grande roue du gouvernail, se tourna alors vers mon grand-père et dit:

— Champlain se serait rendu compte de rien si on n'avait pas tenté de l'assassiner dans *L'Habitation.*

— J'y arrivais, rétorqua mon grand-père. Si j'ai pris la pause, c'est juste pour débourrer ma pipe : le tabac Rose Quesnel est devenu mélassieux à plein à cause de l'humidité qu'il fait icitte dans le hangar.

Un clou à tête carrée entre les doigts, mon grand-père détassa le tabac de sa pipe, puis la ralluma. Toujours assis par terre dans la cabine, nous n'osions pas lever les yeux vers lui ou vers l'oncle Ulric par peur de zieuter la bête à grand'queue ou bien la monstresse Gougou elle-même, les deux s'étant confondues dans nos têtes. Du bout des lèvres, je me contentai de dire :

— Continue, grand-père. Sinon le *Don de Dieu* va passer tantôt tout drette devant Québec.

Mon grand-père se râcla la gorge et rentra de nouveau en état de racontement. Il nous rappela d'abord qu'à l'époque de Champlain, il fallait avoir le paroissien solide à plein pour vivre à Québec sans tomber raide mort après quelques mois. On manquait d'à peu près tout, on ne savait point comment chauffer *L'Habitation* parce que les poêles en fonte, personne ne les avait encore inventés. Pour la nourriture, ça n'allait pas bien fort non plus : les barriques de viande salée étaient vides et la chasse rapportait peu, bien souvent par la faute des sauvages. Comme ajouta mon grand-père :

— Épuisé par les guerres que les Iroquois lui faisaient, le peuple huron avait l'air d'un parti de guénillous, tout bougriné de travers pis si mal amanché de corps qu'il n'avait même plus la force de se rendre en raquettes dans les ravages où les chevreuils pis les orignaux se tenaient durant l'hiver. Les Hurons restaient plutôt aux abords de *L'Habitation,* dans l'espoir qu'on les nourrirait. Ils étaient tellement faméliques qu'ils mangeaient n'importe quoi, même les charognes que Champlain faisait jeter dans le bois pour attirer les renards, beaucoup plus chargés de poils au Canada qu'en France. En dépit du fait que ces bêtes-là puaient si fort qu'on ne pouvait point rester aura elles, les sauvages s'en emparaient, les traînaient jusqu'à leurs cabanes pis les dévoraient sans même les faire cuire pour la peine. Ils en devenaient malades comme des chiens, puis mouraient comme meurent les mouches quand les grandes gélivures s'amènent, faisant basculer l'été en déluge de neige.

— Les Français avaient de bons médecins. Ils auraient pu les soigner, les sauvages.

— Le mal dont mouraient les Hurons était jusqu'alors quelque chose d'inconnu des Français. On n'avait point de médecine pour le contrer. À part ça, les Français étaient eux-mêmes atteints par cette épidémie qu'on nomma du nom de scorbut, ou mal de terre. C'était quelque chose d'assez terrible : les humeurs maléfiques du scorbut engendraient dans la bouche de ceux qui en étaient touchés de gros morceaux de chair superflue pis baveuse. Les dents ne tenaient plus guère : on pouvait les arracher avec les doigts sans leur faire douleur. Tout le reste du corps devenait pareil à une forçure : la peau se déchirait toute seule, faisant venir un sang pestilentiel pis noir comme la mort. Dans *L'Habitation,* ça se mit donc à grogner fort contre les Hurons pis contre Champlain qui persistait à rester à

Québec plutôt que d'en déguerpir sur le *Don de Dieu* par ailleurs emprisonné dans les glaces au beau mitan du fleuve. Devant l'obstination de Champlain, quelques-uns de ses matelots résolurent de l'assassiner en le poignardant traîtreusement dans le dos. Ces matelots-là avaient fait alliance avec un chasseur de baleines, ben évidemment basque. Champlain mort, l'aventurier comptait céder Québec aux Espagnols, rien de moins.

— En échange de quoi ?

— Du droit exclusif pour le peuple basque de traquer le grand cachalot sur tout le Saint-Laurent, de l'Île Bonaventure à la baie de Tadoussac, royaume sacré de la monstresse Gougou comme je vous l'ai déjà dit.

Où mon grand-père voulait-il bien en venir en faisant ré-apparaître ainsi la Gougou dans son conte ? Quand je le lui demandai, il fit craquer les jointures de ses gros doigts, signe qu'il était mécontent. Il tira trois ou quatre fois sur sa pipe, regarda la fumée monter vers le plafond du hangar, et dit :

— Vous savez que la Gougou était une invention des Basques pour que les Amérindiens ne fréquentent pas les îles dans lesquelles on faisait bouillir la graisse de baleine. Quand le complot fomenté pour assassiner Champlain fut éventé pis que leur chef basque eut pour sentence celle d'être pendu, le gouverneur de *L'Habitation* eut une idée de génie. En exécutant le chef des conspirateurs, il pouvait aussi mettre de son bord les nations sauvages en les débarrassant de la monstresse Gougou qui avait vendu son âme au peuple basque. Les Amérindiens étaient superstitieux et croyaient à la magie. Aussi Champlain utilisa-t-il cette arme fort efficace: en plus de faire pendre le conspirateur basque, il lui fit couper la tête, puis fit installer cette tête-là sur une longue pique devant *L'Habitation.* Quand la nuitte vint, les Hurons qui s'étaient rassemblés à Québec pour voir la tête coupée du Basque au boutte de la longue pique furent estourbis de voir apparaître la Gougou aussi brusquement qu'un coup de tonnerre dans le ciel. En hurlant comme un chat sauvage, la Gougou s'empara de la tête coupée pis se sauva avec, pareille à une quelqu'une qui aurait chaussé des bottes de sept lieues.

Mon grand-père ricana, presque invisible à nos yeux: les grands fanaux s'étaient délestés complètement de leur huile de sorte que, dans le hangar, il faisait maintenant aussi noir que dans la gueule d'un loup. J'allongeai la main devant moi pour rencontrer celle de mon grand-père. Il me tira vers lui, me fit asseoir sur ses genoux, et ajouta:

— Ben évidemment, la Gougou qui disparut avec la tête coupée était un matelot que Champlain avait fait déguiser en monstresse. Il savait quelle leçon les jongleurs sauvages tireraient de l'histoire: en prenant possession de la tête coupée du conspirateur basque, la Gougou venait de faire disparaître la malédiction pesant sur eux; désormais, elle allait dévorer les pêcheurs basques qui accosteraient dans les îles du Saint-Laurent et ne toucherait plus aux guerriers des nations sauvages. C'est ainsi qu'on prétendit que les Montagnais, les Malécites pis les Micmacs restèrent les fidèles alliés des Français tandis que les Basques, pour ne pas être mangés tout crus par la monstresse Gougou, abandonnèrent la chasse à la baleine dans le Saint-Laurent. Quand Champlain repartit en France sur le *Don de Dieu,* les peuples amérindiens allumèrent par reconnaissance des feux de joie dans toutes ces îles qui, croyaient-ils, seraient désormais les leurs jusqu'à la fin des siècles.

Je me blottis contre l'épaule de mon grand-père et fermai les yeux. Dans le hangar devant le fleuve, le *Don de Dieu* naviguait toujours sur le Saint-Laurent, l'oncle Ulric tenant le gouvernail mais dégreyé des oripeaux de la bête à grand'queue. Il faisait de nouveau partie du royaume des missionnaires oblats, impressionnant à cause de sa longue robe blanche, de son gros crucifix qu'il portait à la ceinture et de son énorme barbe qui paraissait lui manger tout le visage. Quand nous aurions fait le tour de toutes les îles du Saint-Laurent, mon grand-père attellerait Bélial au cabriolet et nous irions reconduire l'oncle Ulric à la gare pour qu'il reprenne *L'Océan limité* jusque dans les lointaines contrées du Nyassaland, là où l'on faisait ces étranges valises vertes dont le cuir était taillé dans la peau même des crocodiles.

Mon pouce dans la bouche, je me mis à cogner des clous si fort que c'est à peine si j'entendis mon grand-père balbutier :

— Cric, crac, cra, les enfants ! Pendant que le *Don de Dieu* bourlingue sur le fleuve, dormez tout votre content. La monstresse Gougou est si loin désormais qu'on ne peut même plus en rêver. Bonne endormitoire, mes sacàtibis ! Bonne et chaude endormitoire, mes sacàtabacs !

VI

LE GRAND CHEVAL NOIR DU DIABLE

Tous les dimanches après-midi, mon grand-père sortait Bélial de l'écurie qu'il y avait entre la grande maison de la rue Vézina et la boutique de forge. Bélial était un colossal cheval noir qui gardait ses oreilles dans le crin et le jarret toujours tendu, signes que cette bête-là resterait à jamais rétive et rebelle, sans doute pour honorer la mémoire de ses ancêtres, de puissants broncos sauvages sur lesquels on avait jadis chassé le bison dans les grandes plaines de l'Ouest. Bélial ne se laissait atteler que par mon grand-père; personne d'autre non plus pouvait jouer des cordeaux avec lui, à moins de lui passer entre les mâchoires le terrible casse-gueule fait de fer et de cuir qui trônait en permanence au milieu de la boutique de forge, suspendu à la plus grosse des poutres.

Une fois Bélial attelé au cabriolet, mon grand-père le conduisait devant le perron où nous l'attendions, aussi fébriles qu'une trâlée d'hirondelles bicolores. Ma grand-mère montait s'asseoir à côté de mon grand-père, et nous les enfants, on s'accroupissait devant eux, contents de voir s'ébranler enfin le cabriolet en direction du Deuxième Rang au bout duquel une petite montagne, tout en crans de tuf, allait nous barrer le chemin. Mon grand-père y avait un petit chalet, sur le cran de tuf le plus haut, ce qui nous donnait une vue magnifique sur le fleuve et sur l'église des Trois-Pistoles dont les clochers ressemblaient à de grandes flèches argentées quand le soleil donnait en plein dessus.

Mais le plus haut des crans de tuf au sommet duquel nous faisions pique-nique représentait pour nous bien davantage que le simple plaisir de voir comme nulle part ailleurs l'Île aux Basques pareille à un grand baleinier échoué dans le sable et le varech. C'est que dans le roc, on pouvait reconnaître les empreintes de quatre fers à cheval, celles que le grand cheval noir du diable avait laissées en guise de souvenir après son passage aux Trois-Pistoles. C'était une histoire que mon grand-père ne se lassait jamais de raconter, ce qu'il faisait généralement une fois le panier de pique-nique vidé de son contenu alors que le soleil, dans l'éclatement de ses couleurs, se laissait lentement aspirer par la grosse veine bleue du fleuve.

Sa pipe allumée, mon grand-père se mettait aussitôt en état de racontement, disant:

— Sacàtibi, sacàtabac! Salut ben, la compagnée! Écoutez-moi ben parce que mon narré commence drette là de même, dans le refoule de la rivière des Trois-Pistoles, à cette époque-là qu'on se lichait pas les badingoinces avec de la torquette de tabac virginien ou ben avec de l'eau bénite en guise de rinçoir de dalot.

Dans ce temps-là, les Pistolets (c'est comme ça qu'on les surbroquait) portaient bien leur appellation non contrôlée: ils étaient loin d'être tranquilles comme les pipes de plâtre de Saint-Éloi qui se contentaient d'entrer en tabagie quand on leur sonnait les cloches trop durement... Ils étaient loin d'être bucoliques comme les sauceux dans le sirop de Saint-Paul-de-la-Croix qui préféraient faire trempette dans leur quart de mélasse plutôt que de se mettre les pieds dans les plats. Les Pistolets n'étaient point de cette race de monde-là pantoute. Portés sur la chicanure, la moindre chiquette te les embrasait que ça prenait pas mèche de temps que le paysage se virait à l'envers sous sa bougrine.

Comme preuve, je vais vous remembrer cette fameuse guerre des clochers qui, au beau mitan du siècle dernier, a duré aussi longtemps que la guerre de Troie. Pour une église que les gences d'en bas voulaient ériger sur le bord du fleuve tandis que le parti des gences d'en haut voulait la bâtir sur le piton de la côte, la chicane a pogné raide dans les cordeaux, si tant ben que les Pistolets se sont betôt retrouvés avec trois églises : deux dans le bas de la côte pis l'autre en haut. Il y avait tellement de mécontents que c'était comme un péché mortel permanent : on faisait plus baptêmer ses enfants, on sacrait plutôt que de consacrer, on enterrait ses morts ailleurs que dans la paroisse pis l'on mangeait tellement de curés que les pauvres, tout désossés, allaient se remplumer la falle dans les cantons voisins.

Comme je l'ai déjà dit, cette mécréance-là a duré dix ans, comme dans la guerre de Troie. Il y a eu de la mortalité aussi, comme dans la guerre de Troie : un marguillier qui pensait avoir son siège à vie, comme pensent les députés de notre véreuse d'époque, a fait une crise d'apoplexie dans l'église. Comme il voulait être certain qu'on lui vole pas son banc, il est resté assis dessus pendant des jours, à manger des cretons, du porc frais pis des oreilles de Christ. En plein hiver, dans une église pas chauffée, c'est dur en torvisse même pour un chrétien. Mais il semblerait que la mort du marguillier a ramené la paix chez les Pistolets : le sanguin a enfin laissé sa place au consanguin, ce qui a amené des trâlées d'enfants si nombreux que l'église se retrouva betôt plus assez grande pour accueillir tous les paroissiens. On décida alors d'en bâtir une autre. Comme on s'entendait pas sur la place que la nouvelle église devrait être construite, la guerre menaçait de reprendre. Être la risée de toute la province une fois, ça peut toujours se prendre... mais deux fois en moins de cinquante ans, même un Pistolet y perdrait son chien. Pour que ça n'arrive point, le bon Dieu qui gouverne et dégouverne le monde provoqua un miracle : en plein mois d'août, il fit neiger une grosse neige mais juste là où l'église devait s'érecter, aura des rues Notre-Dame et Jean-Rioux. Comme vous savez, on parlemente pas avec les miracles : on se retrousse plutôt les manches, on se crache dans les mains, on sort les sciottes, les haches, les ciseaux et les marteaux, pis d'autant plus si on veut que l'église soit fine parée pour les aveilles de Noël.

Mais t'as beau avoir le jarret coriace pis de la mosselle de bras en masse, c'est pas de la sinécure que de tailler de la pierre au flanc des écores de Tobune pis de la charroyer jusqu'à la rue Jean-Rioux. En novembre, on en était encore au premier pan de mur parce que la pierre se faisait attendre. Ça devenait comme qui dirait dans le décourageant à mort, surtout pour le vieux curé Barrette qui avait promis à son évêque que l'église neuve serait prête pour l'accueillir quand le p'tit Jésus se ferait agneau de Dieu pour résolver le grand péché commis dans le jardin d'Éden par le bonhomme Adam. Le vieux curé Barrette avait beau se démener comme un diable dans son eau bénite, invoquer toutes les saintetés du paradis, se morfondre dans la prière, le bon Dieu qui gouverne et dégouverne le monde restait sourd à ses supplications, de sorte que le charroyment de la pierre se faisait toujours sans tambours ni trompettes, c'est-à-dire dans du grand branlement de manche. Désespéré, le vieux curé Barrette s'enferma dans son presbytère pour consulter le *P'tit Albert,* un almanach de magie noire confisqué par lui chez un paroissien qui, durant la guerre des clochers, s'en était servi pour alimenter le feu des grandes chicanes. Si le *P'tit Albert* avait été écrit pour jeter la discorde dans le monde, c'était peut-être ben possible de l'utiliser afin de rendre grâce pis gueloire au bon Dieu. Après avoir marmonné les incantations du *P'tit Albert,* toutes écrites en charabia qui est la langue même du yiabe, une tempête effroyable s'abattit au-dessus du presbytère, dans de grandes coulées de vent, des éclairs qui tirebouchonnaient dans le ciel pareilles à des queues de cochons. La grande fenêtre du presbytère vola en éclats pis le roi des enfers, Lucifer lui-même, apparut au vieux curé Barrette, lui disant:

— Donne-moi ton âme pour les siècles des siècles et dès demain matin, ça va charroyer de la pierre comme ça s'est jamais vu encore dans tout le Bas-Canada. Crois-moi : ça prendra pas goût de tinette que ton église, tu vas l'avoir, aussi haute qu'une cathédrale, aussi solide qu'une forteresse, aussi belle qu'un...

Le diable aurait voulu dire : « Aussi belle qu'un péché mortel », mais il se ravala dans son gorgoton pour que le vieux curé Barrette ne retrouve pas son requinben, son goupillon pis son eau bénite, ce qui aurait mis fin à toute tentative de négoce. Viré à l'envers comme une crêpe dans sa bougrine, secoué par la tempête qui faisait rage, le vieux curé Barrette ne savait plus trop ce qu'il faisait, ce qu'il disait, ce qu'il croyait. Il abandonna donc son âme au grand Lucifer lui-même en échange pour l'aide que celui-ci apporterait dans le charroyement des pierres, des écores de Tobune à la rue Jean-Rioux.

Quand le petit matin rempli de brouillard se leva, on entendit dans les Trois-Pistoles le bruit des sabots d'un cheval qui trottait comme quelqu'un qui y aurait dansé. Ce bruit-là se rendit jusqu'à l'église où c'est que les ouvriers attendaient qu'on les emmène dans les écores de Tobune. Laissez-moi vous dire que ce matin-là, ça a écarquillé les yeux grands en pas pour rire. Imaginationnez-moi ça. Imaginationnez le plus beau cheval noir que vous ayiez jamais vu, avec un chanfrein quasiment humain, un poil lustré comme par 666 mains de femmes, une encolure large comme l'engin d'une locomotive pis des naseaux qui crachent de la fumée comme si on avait affaire à une gueule de dragon. Imaginationnez itou qu'à côté de ce grand cheval noir était un tout petit homme, presquement un nain, avec des yeux rouges, pas comme quelqu'un qui a trop bu d'eau bénite, mais comme une créature qui ressoud de l'extramonde, dans le creux de la terre, là où c'est que Vulcain tape à tour de bras sur son enclume. Le grand cheval noir appartenait à ce tout petit homme-là. Il l'offrit aux ouvriers en leur disant:

— Moi, je vous le prêtons mon cheval noir. C'est une bête pas fatigable. Elle va vous charroyer vos pierres jour et nuitte, par grand soleil aussi ben que par temps d'orage.

Vous avez juste à lui donner du foin de grève pis un quart d'avoine tous les jours. Pour le reste, mon grand cheval noir va faire exactement tout ce que vous allez lui demander. Mais il y a une condition par exemple: faut jamais le débrider mon grand cheval noir. Si vous le faites, vous allez le perdre aussitôt dans la brume.

À cheval donné, on regarde pas la bride, dit le dicton. Sauf que les ouvriers auraient pu se méfier des bizarres yeux rouges que portait malicieusement au beau mitan de sa face le tout petit homme. Mais quand on veut fêter Noël à tout prix dans une nouvelle église, il y a des détails importants de même qu'on se brosse les dents avec. Après tout, ce qui compte, c'est la pierre taillée qu'on charroye plus comme de pauvres yiabes, mais aussi aisément que des pinottes en écales.

Avec pour résultat que les aveilles de Noël se présentèrent pis qu'il ne restait plus qu'un simple petit voyage de pierres à faire venir des écores de Tobune. On était en plein milieu de la nuitte, les ouvriers avaient la langue qui leur pendouillait hors du mâche-patates tellement ils étaient vannés à force d'avoir besogné. Plus personne avait la force de mener le grand cheval noir jusqu'aux écores de Tobune, sauf ben évidemment le gros toxon à Pit Dublanc qui s'offrit comme volontaire. Lui, ça l'intriguait que le grand cheval noir soit aussi dur avec son corps sans que ça ne paraisse jamais. C'est pour ça qu'une fois arrivé aux écores de Tobune, il s'est mis à examiner comme il faut le grand cheval noir. C'est là que le gros toxon à Pit Dublanc a aperçu des gouttes de sang qui coulaient d'un coin de la gueule du grand cheval noir. Le bizarre, c'est que ce sang-là était sombre comme de l'encre, pis frette comme un mort allongé dans sa bière. Interbolisé par sa découverte, le gros toxon à Pit Dublanc débrida le cheval noir pour mieux voir. Ça a pas pris de temps que les cheveux lui ont redressé sur la tête comme des dents de râteau. Imaginationnez ça: le grand cheval noir se contorsionna sur lui-même, devint une boule de feu toute rouge avec des moignons d'ailes qui sortirent de là-dedans en même temps que ça s'élança à la fine épouvante vers l'église des Pistolets dans un bruit de sabots digne des enfers. On vit cette boule-là de feu passer au-dessus de l'église des Trois-Pistoles pis disparaître derrière la montagne du Deuxième Rang. Quand on remonta jusqu'à elle, on découvrit le gros toxon à Pit Dublanc les deux genoux enfoncés dans la terre pis les yeux virés à l'envers devant les empreintes de quatre sabots étampés dans le roc. C'est là qu'on comprit qu'on avait eu affaire au grand cheval noir du diable. On le comprit d'autant plus quand on vint pour soulever la dernière pierre taillée qui manquait pour finir la façade de l'église. Elle était tellement pesante que même Louis Cyr n'aurait pu la lever de terre: la grande langue du diable te l'avait collée là pour les siècles des siècles.

Aujourd'hui encore, cette grande pierre-là manque tout en haut de la façade de l'église des Trois-Pistoles. C'est comme ça qu'on a voulu se souvenir à jamais du grand cheval noir du diable qu'on ne devait pas débrider mais qui l'a été pour que moi je puisse vous en narrer l'histoire.

Son conte terminé, mon grand-père frappait sa pipe sur le tuf, au milieu des quatre empreintes que les fers du cheval du diable débridé avaient imprimées dans le roc puis, nous regardant, il venait pour prononcer ses fameux Sacàtibi! et Sacàtabac! de manière à boucler comme toujours la boucle de son narré, mais nous protestions aussitôt :

— Le conte, il est pas fini, grand-père.

— Comment ça, pas fini ?

— Une fois le cheval du diable débridé, on sait pas ce qui est arrivé au vieux curé Barrette. C'est-y qu'il s'est retrouvé au fond des enfers avec le grand Lucifer lui-même ?

— Ben non, les enfants ! Le diable serait pas le yiabe si, au détour de n'importe quel conte, on ne parvenait point à le rouler. Qui, pensez-vous, avait soufflé à l'oreille du gros toxon à Pit Dublanc d'examiner le fameux cheval noir, sinon le vieux curé Barrette lui-même ? Il savait ben qu'à cause du sang qui coulait de la gueule de la bête magique, le gros toxon à Pit Dublanc la débriderait pis que le maléfice imaginé par le grand Lucifer se retournerait tusuite contre lui-même.

Même si nous étions pas vraiment convaincus par l'explication de mon grand-père, nous remontions avec lui et ma grand-mère dans le cabriolet tiré par Bélial, laissions la petite montagne au bout du Deuxième Rang et redescendions vers les Trois-Pistoles. Il faisait toujours noir quand nous arrivions devant l'église, de sorte que nous avions beau y chercher la pierre manquante, elle restait invisible à nos yeux. Seul mon grand-père la voyait, supposément tout en haut, là où le clocher s'élançait comme une flèche vers le ciel. Mon grand-père disait:

— Quand vous serez dans vos grosseurs, vous allez la découvrir la pierre manquante. Mais en attendant, rentrons à la maison.

Puis, faisant claquer les cordeaux sur le dos de Bélial, mon grand-père ajoutait, levant son chapeau comme pour saluer les statues qui montaient la garde au-dessus de l'église:

— Sacàtibi! Sacàtabac! C'est vrai comme le yiabe que mon conte finit d'en par-là! Cric, crac, cra, les enfants! Foin sec de mes parli, parlo, parlons! Trouvons nos couchettes de fer avant que la bête à grand'queue nous crochisse les doigts de pieds pour les siècles des siècles! Salut ben, la compagnée!

VII

LE SORCIER FARCEUR D'ANTICOSTI

Durant le XIXe siècle, le Québec c'était tricoté serré, à cause des premières familles qui restèrent au pays après la Conquête; sans doute pour combler l'isolement, ça s'est mis à faire des enfants comme nulle part ailleurs dans le monde. Des familles en comptaient jusqu'à vingt, et tous du même lit! Les curés québécois en salivaient de contentement: un jour, grâce à la prodigieuse fertilité des femmes de chez nous, on l'aurait enfin notre État français et catholique dans ses gros grains! Conditionnés sans doute par cet idéal, les prêtres du haut clergé ne ménageaient pas leurs efforts pour que les Québécois restent dans le droit chemin, de leur naissance à leur mort, toute la vie sociale étant étroitement encadrée par un rituel religieux corsé dans ses entournures, aussi empesé que les fameux cols romains d'autrefois.

Heureusement, quelques moutons noirs finissaient quand même par sortir du troupeau pour aller courir les aventures comme forestiers ou voyageurs dans les Pays d'en Haut, comme truchements auprès des nations sauvages ou, plus simplement, en tant que galipoteux à leur propre compte. Dans toute grande famille, on comptait au moins l'un de ces énergumènes qui, sur terre ou sur mer, contestait à sa façon une morale religieuse ne laissant place à aucune fantaisie.

La famille de mon grand-père était apparentée à celle des Gamache par les ancêtres maternels originaires de la Rivière-Ouelle tout comme nous. Mais les Gamache n'étaient pas du bon bord des choses, toujours insatisfaits de leur condition, ribautant de gauche et de droite, s'installant quelque part pour en décamper aussitôt parce que la p'tite vérole leur tombait dessus sans crier gare, ou bien parce qu'ils mangeaient du curé et que c'était là une viande interdite. De Québec à Gaspé, les Gamache ne mirent pas de temps à se faire mauvaise réputation, trop libertaires dans une société qui demandait à tout le monde de marcher du même pas. Ce côté rebelle des Gamache devait atteindre son apogée avec la naissance de Louis-Olivier qu'on a appelé le croque-mitaine du golfe parce qu'on le soupçonnait d'être à moitié feu-follet et à moitié loup-garou, tout en jouissant de la protection particulière du grand Lucifer lui-même.

Quand mon grand-père en avait assez de nous voir ravauder dans sa boutique de forge, il enlevait son grand tablier de cuir, il éteignait le feu puis nous emmenait sur les hauteurs de Tobune. Par un petit chemin de gravelle, on montait sur un pic. De là, on avait tout le fleuve devant nous autres avec, en avant-plan, les ruines de la maison hantée. À l'origine, la maison hantée était une auberge bâtie de grosses pierres par les marins chargés de piloter les bateaux qui, venant du golfe, devaient se rendre à Québec ou dans le Grand Morial. Le fleuve étant parsemé de récifs, les navigateurs étrangers remettaient leur gouvernail à des Québécois plus expérimentés qu'eux dans l'art d'éviter les écueils. On abandonna l'auberge après un meurtre mystérieux qui se commit dedans. La victime ayant été enterrée dans la cave, les démons se mirent à faire ribaute dans l'auberge, épeurant les marins qui déménagèrent leurs pénates à la Pointe-aux-Pères. Devenue tout à fait délabrée, l'auberge entra dans la légende sous le nom de la Maison hantée.

Quand nous nous retrouvions dans ses décombres avec mon grand-père, nous nous tenions assis bien serrés les uns contre les autres tellement nous avions peur que les démons sortent de terre pour se venger sur nous du crime du pauvre matelot. En fait, nous étions si effarouchés que mon grand-père n'avait même pas besoin de prononcer les paroles rituelles grâce auxquelles il entrait habituellement en état de racontement. Sans nous en rendre compte, nous filions déjà à toute vitesse sur le fleuve, à la poursuite de Louis-Olivier Gamache. Mon grand-père disait:

— Tout un gripette ce Louis-Olivier Gamache! Encore au berceau, il faisait déjà enrager sa parentèle si souvent qu'on était obligé de l'attacher à une corde après une patte du poêle à bois. Quand son père parlait de lui, c'était jamais qu'en bougonnant: «Ah, le p'tit calvinsse! Plus malcommode que ça, t'es plus humain, tu deviens carrément fifollette ou ben loup-garou, tu deviens quelque chose qu'on a encore jamais vu dans nos contrées: un insécrable sorcier!» À la suite du père, toute la famille pis le monde qui l'entourait se mirent à répéter par rapport au gripette: «Lui, on sait ben, y ressemble pas pantoute à personne, y est vraiment quéque chose de pas possible!» Le subroquet resta à Louis-Olivier: Quéque chose, dans le sens de: «Lui, c'est vraiment quelque chose à voir aller». Pour dire vrai, le diable emportait déjà Louis-Olivier dans sa ouaguine pour lui faire faire à sa façon le tour du monde. En vérité, avec ce Quéque Chose-là, on avait point le temps de bourrer sa pipe d'une torquette de tabac que c'était déjà plus là où c'est qu'on pensait.

Parce que mon grand-père nous avait déjà narré cette partie-là du conte, on savait que dès l'âge de onze ans, Quéque Chose Gamache avait quitté la maison paternelle pour s'engager comme mousse à bord d'une frégate anglaise. Cette première escapade lui avait donné le goût des aventures, de sorte qu'il passa dix ans à naviguer par mer et océan, se faisant même harponneur sur un chalutier se livrant à la chasse à la baleine. Quand il revint au pays, les poches bourrées de pièces d'or, preuve de ses voyages jusque dans les mers du Sud, ses parents n'avaient pas eu le temps d'attendre son retour: ils étaient tous morts dans une épidémie de p'tite vérole. Quéque Chose Gamache se retrouva donc à Rimouski, propriétaire d'un magasin général, le plus important de toute la région. Il aurait pu finir ses jours à vendre des barils de mélasse et des quarts de lard salé mais la veine noire de sa destinée l'attendait dans le détour comme le disait mon grand-père:

— Quand on est gripette en venant au monde, on en dételle pas de même en mettant simplement de vieux chaussons dans ses pieds. Pour le reste, c'est pas étonnant si, par une nuitte de tempête, le magasin général de Quéque Chose Gamache soit passé au feu, rasé dans son fond comme dans ses combles. Ruiné, le gripette, plutôt que de se laisser aller en lamentation, décida d'aller s'établir dans l'île d'Anticosti.

— Pourquoi dans l'Anticosti plutôt qu'ailleurs?

— Parce qu'une autre gripette de notre famille s'était déjà encabanée dans l'île. C'était aussi quelque chose de pas ordinaire cette créature-là ! Entrée en noviciat chez les Ursulines de Québec, la pâmoison te la jetait à terre aussitôt qu'elle mettait les pieds dans la chapelle, poignée raide par de formidables transes. Elle parlait aux statues, sautait sur celle de la sainte Vierge soi-disant pour la dégorger du lait qu'elle avait en trop, piquait des crises devant le maître-autel, tout écrianchée de corps pis d'esprit. On lui conseilla d'aller prendre de grandes bolées d'air le plus loin possible du monastère. La gripette s'embarqua donc sur une frégate qui fit naufrage près des côtes d'Anticosti. Seule rescapée de la mer déchaînée, elle bâtit cambuse dans l'île pour y rester. C'était à l'époque où les Américains venaient jouer du bâton de baseball, prenant Anticosti pour une de leurs colonies. À coups de battes, ils tuaient les oiseaux pour les plumer afin d'en faire des taies d'oreillers, les meilleures de tout le continent. Quand les Américains se montraient la face dans l'île, la gripette se coupait la crigne, se beurrait la face de suie, s'habillait en homme pis buvait autant de rhum que n'importe quel loup de mer. Une vraie sorcière, ratoureuse, grande faiseuse de grimaceries comme de simagrées.

En abordant dans l'île, Quéque Chose Gamache fit sa découverte. Même si la gripette était devenue pas ragoûtante pantoute parce que toute vieillie pis grichue comme un pichou, elle eut le temps quand même avant de mourir d'enseigner tous ses secrets à Quéque Chose Gamache qui devint donc moitié fifollette, moitié loup-garou, pour pas dire le croque-mitaine attitré du golfe. Un faiseur de peurs, un insécrable joueur de tours comme tous ceux qui font profession de sorcellerie !

Parce que nous étions dans les ruines de la maison hantée, probablement assis au-dessus même des restes du marin assassiné, mon grand-père prenait son temps pour nous narrer la suite de l'histoire de Quéque Chose Gamache : il savait que, si besoin était, nous resterions tranquilles jusqu'à la nuit tombée. Aussi paraissait-il prendre grand soin de sa pipe, la bourrant comme il faut à l'aide d'un clou à tête carrée, puis il y mettait le feu, aspirant la fumée qu'il rejetait tout droit devant lui, par volutes épaisses. Moi, je finissais par m'impatienter malgré la peur que j'avais. De ma voix mal assurée, je disais :

— La suite, grand-père. On a besoin maintenant d'entendre la suite.

Mon grand-père se raclait bruyamment la gorge et continuait :

— Quand on rêve de devenir sorcier, c'est important de se préparer comme il faut. C'est d'abord ce que fit Quéque Chose Gamache : sa maison érigée dans l'île d'Anticosti, il décida d'en faire une véritable forteresse, avec un canon devant le perron, des meurtrières en guise de fenêtres, pis tout un arsenal : douze fusils, des pistolets, des baïonnettes, des épées, des sabres, des piques même. Quand des voyageurs s'approchaient de sa maison, notre apprenti-sorcier les recevait à coups de canon, tout son corps couvert de peau de bêtes sauvages dont il imitait à merveille les hurlements. Pour les visiteurs, c'était comme si le diable lui-même leur apparaissait. La queue de chemise en feu, ils décampaient raide, allant propager jusqu'à Québec et le grand Morial la réputation de Quéque Chose Gamache devenu le croque-mitaine du golfe. En réalité, ce démon-là était d'abord un farceur comme on n'en rencontre pas souvent. Plutôt mécréant dans toutes les coutures de sa bougrine, ça l'amusait de rire de la religion. Il ne s'en privait pas comme vous allez vous en rendre compte betôt.

— Tusuite, grand-père, tusuite.

Sa grosse pipe rallumée, mon grand-père se tapait sur les cuisses, puis ajoutait enfin :

— Quéque Chose Gamache faisait la traite des fourrures avec les Montagnais de Mingan, ce qui était contraire à la loi parce que le commerce des pelleteries du golfe, c'était la Compagnie des postes du Roi qui en avait le monopole. Plusieurs fois, la compagnie avait menacé Quéque Chose Gamache de couler la goélette à bord de laquelle notre croque-mitaine se rendait visiter les Montagnais de Mingan. Mais loin d'en tenir compte, l'insécrable contrebandier jouait à cache-cache mitoulas avec ses concurrents qu'il barbait dans sa goélette, même au milieu du fleuve.

Voulant mettre fin à la provocation, la compagnie envoie son bâtiment le plus rapide à la poursuite de Quéque Chose Gamache qui, tandis que le soir tombe, file à toute vitesse vers sa forteresse de l'île d'Anticosti. Sachant que le bâtiment de la compagnie est plus rapide que le sien, Quéque Chose Gamache s'empare de bouttes de madriers, construit un radeau au milieu duquel il cloue un plein baril de goudron. Après avoir jeté un tapon de braises chaudes sur le goudron, Quéque Chose Gamache lance le tout sur le fleuve. La nuitte est noire comme de l'encre. Quand, de la frégate de la marine royale, on aperçoit les flammes qui paraissent danser au-dessus de l'eau, on part en chasse après elles, ce qui permet à Quéque Chose Gamache de s'esquiver. Le radeau en flammes continue pour sa part sa descente dans le golfe, poursuivi toujours par les marins de sa majesté le Roi d'Angleterre qui croient avoir affaire à la goélette du contrebandier.

Imaginationnez leur déconvenue lorsque, après des heures de bourlingage en pleine mer, les poursuivants ne réussirent à s'emparer que d'un tout petit feu qui semblait se nourrir à même les eaux de la mer! Fifollette lui-même, Quéque Chose Gamache leur en avait fait courir un à sa mesure, croyez-moi! C'est facile de comprendre qu'après, sa réputation de sorcier fit un bond de géant de Blanc-Sablon jusqu'en Outaouais, le moindre village bordant le Saint-Laurent ayant sa légende propre sur le croque-mitaine du golfe.

Croque-mitaine peut-être mais loin d'être fou, le Quéque Chose Gamache! Profitant du fait qu'on avait peur de lui comme s'il sortait tout drette des enfers, il se chargeait lui-même de nourrir les contes qu'on faisait à son sujet. Aussitôt sa goélette accostée à un quai, il se rendait à l'auberge la plus proche, vêtu des plus invraisemblables oripeaux, son fusil à la main pis coiffé d'un gros tuyau de castor sur les bords duquel pendaient d'inquiétantes dents d'ours. Ça se tassait de chaque bord de lui dès que, simagrant pis grimaçant, il se montrait au monde apeuré par l'excentricité de son allure. À Rimouski plus particulièrement, Quéque Chose Gamache laissa une carte de visite dont on devait se souvenir longtemps, comme aimait à le raconter mon grand-père :

— Quéque Chose Gamache n'aimait pas Rimouski. La nuitte que son commerce avait brûlé pareil à un fétu de paille, on s'était point bousculé personne pour l'aider à éteindre l'incendie. C'était resté sur le cœur de notre croque-mitaine qui se promettait depuis d'avoir un jour sa revanche.

Se rendant à Québec pour affaires, Quéque Chose Gamache fit halte à Rimouski, troquant ses invraisemblables oripeaux pour une longue cape de gabardine noire comme le charbon pis un grand chapeau aussi sombre. Tenant un fouet à la main, il se rendit à l'auberge de la veuve Drapeau, commandant à souper pour deux personnes tout en exigeant un salon particulier. Quand l'aubergiste apporta dans le salon les deux repas, seul Quéque Chose Gamache se tenait ben drette sur sa chaise au boutte de la table. Intriguée, l'aubergiste lui dit : « Votre invité est toujours pas arrivé ? » Le croque-mitaine lui répondit : « C'est quelqu'un de fort discret, mon invité. Il y a ben des chances qu'il survienne sans que personne ne s'en rende compte. Mais comme j'ai un gros contrat à brasser avec lui, vaudrait mieux qu'on nous dérange pas. Si j'ai besoin de vous, je vous appellerai. » L'aubergiste en allée, Quéque Chose Gamache, qui avait pris soin de jeûner pendant trois jours, avala les deux énormes repas qu'on lui avait apportés, de quoi nourrir tout une ribambelle de loups-garous. Quand l'aubergiste revint pour desservir, elle manqua s'évanouir tout raide : un homme seul n'avait pu manger autant de nourriture aussi rapidement! Elle ressortit donc du salon, fin parée à colporter la nouvelle que son étrange visiteur avait soupé avec le diable lui-même.

Ben loin de vouloir détromper son monde, Quéque Chose Gamache en rajouta le lendemain soir. Après avoir passé la journée en ville, il rentra à l'auberge, disant à l'aubergiste qu'il avait encore besoin du salon particulier pis de deux repas encore plus généreux que la veille. Il ajouta: «Mais peut-être ben que mon invité est déjà arrivé! Il est facilement reconnaissable, à cause qu'il est tout vêtu de noir comme moi.» L'aubergiste n'ayant rien vu de tel, le croque-mitaine rajouta: «Il finira ben par survenir. Mais servez tusuite les repas parce qu'après, plus personne ne doit s'approcher de la porte fermée du salon.»

Ainsi fit l'aubergiste, laissant Quéque Chose Gamache assis au boutte de la table, tout au fond du salon, avec les deux repas commandés. C'était plein de curieux dans l'auberge, attirés là par les commérages. Quand la porte du salon particulier s'ouvrit sans qu'un seul des clients n'ait bougé dans l'auberge, ça se mit à chuchoter en grande: par la porte entrebâillée, on avait ben vu Quéque Chose Gamache attablé au fond du salon, on l'avait ben vu se lever puis tendre la main en souhaitant la bienvenue à un visiteur invisible avant de l'inviter à s'asseoir devant lui! Terrifiés, la plupart des curieux s'enfuirent, convaincus que Quéque Chose Gamache faisait négoce avec le grand Lucifer lui-même!

En réalité, c'était le croque-mitaine qui avait, bien qu'assis sur sa chaise, ouvert puis refermé la porte, grâce à un système ingénieux de son invention composé du manche de son fouette pis d'une corde solide qu'il avait attachée au loquet de la porte!

Quand l'insécrable farceur sortit du salon particulier puis qu'il s'en alla de l'auberge après avoir payé son dû avec des pièces d'or qu'on eut de la misère à tenir entre ses doigts tellement c'était brûlant, les derniers doutes tombèrent: le diable fréquentait vraiment le sorcier d'Anticosti! En examinant le salon particulier, on en trouva même les preuves. Là où c'est que le diable avait mis les pieds sous la table, deux grandes traces noires fumaient encore dans le bois du plancher; et puis, toute la pièce sentait le cochon grillé, signe irréfutable que Satan était passé par là. On fit venir le prêtre qui exorcisa le salon particulier mais on eut beau changer le papier peint, passer le plancher à la chaux vive pis mettre partout des bombes de senteur, l'odeur de cochon grillé resta quand même, tout autant que les deux traces noires sous la table. Personne ne voulant plus aller manger dans le fameux salon, on en condamna la porte pour que la nuitte, les fifollettes n'en sortent point. C'était ben assez que là-dedans, la chope de bière dans laquelle le grand Lucifer lui-même avait trempé ses lèvres resterait chaude jusqu'à la consumation des siècles!

À cause de la nuit noire maintenant toute tombée sur les ruines de la maison hantée, nous avions hâte que mon grand-père range sa grosse pipe dans l'une des ses poches et se lève pour nous donner le signal du départ. Quand l'idée lui en venait, mon grand-père pouvait se montrer aussi insécrable que le croque-mitaine du golfe et, pour s'amuser à nos dépens, faire apparaître au milieu du fleuve, les horreurs de Montréal, de gros paquets de flammes écarlates enmorphosées en fifollettes ou loups-garous prêtes à nous tomber dessus parce que nous avions profané le repos éternel du marin enterré dans la cave de la maison hantée. Il me semble que j'entends encore d'étranges bruits de chaînes, des gonds de porte qui grincent, des ricanements sordides dans les ténèbres !

— Dépêche-toi, grand-père ! Récite les paroles magiques pour que nous puissions sortir du conte avant l'arrivée du croque-mitaine, des fifollettes et des loups-garous !

Mon grand-père se levait, puis faisant le signe de la croix, mettait fin à l'ensorcellement en déclamant de sa voix de stentor :

— Sacàtibi, sacàtabac, les enfants ! Maintenant que j'avons tout conté mon histoire, saluons la compagnée pis rentrons chez nous. Sinon gare au squelette géant du vlimeux Quéque Chose Gamache qui pourrait ben venir nous escouer les pleumats, ce qui serait déflaboxant en pas pour rire pour tout le monde !

Puis serrant les dents pour que son rire de joueur de tours n'emplisse pas tout l'espace, mon grand-père ajoutait en faisant gronder sa voix :

— Pour les siècles des siècles, ainsi soit-il.

VIII

LE GUEULARD
DU SAINT-MAURICE

Même s'il mettait son métier de forgeron au-dessus de tout, mon grand-père n'oubliait jamais que, du temps de sa jeunesse, il avait couru les aventures, tantôt comme voyageur dans les lointains Pays d'en Haut, et tantôt comme bûcheron, piqueux, draveur ou raftman sur le Saint-Maurice, loin dans l'arrière-pays des Trois-Rivières, royaume des Têtes-de-Boules, des jacks mistigris, de la bête à grand'queue et des grichous de tous les gabarits.

En souvenir de cette époque, mon grand-père s'amusait à faire chantier après les fêtes du Nouvel An : dans la fin fond du rang Rallonge de Saint-Jean-de-Dieu, sur les bords de la rivière Boisbouscache, il avait construit une cambuse avec de grosses pièces de sapin équarries à la hache et étoupées d'écorces de bouleau. Dans la cambuse, une truie pour chauffer le bâtiment, un poêle de fonte pour la couckerie et quatre beds superposés dont les matelas étaient faits de branches de sapin. Derrière la cambuse, la bécosse à barreaux, ainsi appelée parce qu'elle en comptait deux : on appuyait ses fesses au premier barreau, au-dessus du trou qui menait tout droit à la Boisbouscache, puis on empoignait le deuxième barreau qui était devant soi pour ne pas perdre pied et se retrouver, cul par-dessus tête, au fond de la rivière.

Dans la sleigh double que tirait Bélial, le grand cheval noir de mon grand-père, nous montions donc jusqu'au bout du rang Rallonge, puis empruntions la trail qui suivait les méandres capricieux de la Boisbouscache; à flanc d'écores, la cambuse et la bécosse à barreaux nous attendaient. Nous aidions mon grand-père à descendre les victuailles : des fèves dans la mélasse, des galettes de son qu'on appelait bisquettes, de la soupe aux pois, des grillades de lard salé, du pain sucré brun ou sucré au gingembre. Mon grand-père disait :

— C'est ça qu'autrefois, on mangeait dans les chantiers. Si avec des Romains on vit comme les Romains, c'est pareil quand on vocationne comme bûcheron, charretier, piqueux, draveur ou ben raftman. On mange frustre pis on s'entretient pareillement la corporation. Trouvez-vous encore chanceux de pas passer tout l'hiver dans la cambuse parce qu'avec les poux qui se ravitailleraient à même votre paroissien, vous auriez des caneçons démangeantes en virebroquin, croyez-moi!

Une fois entrés dans la cambuse, nous aidons mon grand-père à faire du feu, Bélial nous surveillant de son boxon qu'un simple gros madrier d'épinette séparait de nous.

— Une guevalle, ça s'ennuie quand ça se retrouve toute seule. À Bytown comme aux Trois-Rivières, on les boxonnait donc juste à côté de nous autres.

Le poêle de fonte chauffant rouge, nous mangions un morceau de pain, quelques oreilles de Christ, un bol de soupe aux pois puis, mon grand-père sortant sa grosse pipe, il la bourrait de tabac Rose Quesnel et disait :

— La nuitte va tomber t'à l'heure comme une bougie qu'on mouche. On commencera demain à faire chantier. Là, on va se contenter de monter dans nos beds pour que l'endormitoire nous prenne, des pieds jusqu'au chignon de la crigne.

— Avant, raconte-nous une histoire.

— Celle que je pourrais vous narrer risque d'enmorphoser votre sommeil en cauchemar, ce qui représente pas une jument facile à brider pantoute!

Si nous insistions, c'était pour la forme car nous savions bien qu'une fois sa pipe allumée, mon grand-père pousserait ses «cric! crac! cra!» tonitruants, ses «sacàtibis! sacàtabacs!», ses «parli, parlo, parlons!» et ses «que le gueulard du Saint-Maurice vous débriscaille les erminettes si vous m'écoutez pas dans toute la grandeur des portes de grange qui vous servent d'oreilles!» Après, nous entrerions en état de racontement, assis sur les grosses bûches autour de mon grand-père, devant la truie embrasée si fort qu'elle gronderait comme si Lucifer lui-même s'était mis à rabauder dedans avec sa fourche en guise de tisonnier. Mon grand-père disait:

— Cette année-là, nous étions allés faire du bois pour les Pattatonne dans le haut du Saint-Maurice, une rivière qui, soit dit en passant, a jamais eu une grosse réputation parmi les hommes de chantier, en tout cas ceux qui veulent rester un brin dans la croyance de Dieu qui gouverne et dégouverne le monde. C'étaient pas des cantiques qu'on entendait là tous les soirs, virebroquin, non! Un sacre attendait pas l'autre, surtout si mon Fefi Labranche, qui aimait se rincer le dalot au rhum de la Jamaïque, se retrouvait avec nous autres dans l'assistance. Pas fort sur l'ouvrage, il était imbattable dans le juronage. Lui, les sacres, il les inventait treize à la douzaine! Trois années de suite, mon Fefi Labranche a gagné la grande torquette du yiabe à Bytown contre les meilleurs sacreurs de Sorel pis des Trois-Rivières, ce qui est tout dire! Pour lorsse, voyager avec lui, c'était dans l'achalant à plein.

En fait, le seul avantage qu'on avait à se retrouver dans la compagnée de Fefi Labranche, c'est que le teigneux connaissait le Saint-Maurice comme le fond de ses caneçons. Le grand boss Pattatonne l'avait donc chargé de gouverner un des canots, dans l'occurrence le mien. J'aurais joliment préféré un autre pilote, vous comprenez ben: mais dans ces voyages-là, sachez, pour le cas que vous suivrez peut-être un jour la vocation, qu'on fait ce qu'on peut, pas ce qu'on veut. Pour monter des cages de bois hautes comme des maisons au boutte du monde, s'embarquer dessus pour leur faire dévaler des milles pis des milles de torrents, fallait pas avoir l'âme d'un enfant de chœur: rien que pour se rendre au chantier, on nageait fort toute la journée. Le courant était dur en diable pis le soir, ben fatigués, on campait sur la grève comme une gagne de croxignoles trempés.

Il y avait aussi ce qu'on appelle les portages: avec ton canot au-dessus de la tête, tu fais du saute-mouton entre les crans de roches, tu t'enfonces jusqu'aux genoux dans la vase, tu t'accroches partout dans la fardoche, tu te fais manger tout rond par les frappe-à-bord, de saprés moucherons qui s'engraissent si ben à tes dépens qu'ils ont du pansufique autant que les corbigeauds.

Mais parce qu'on avait la couenne épaisse, on a passé pareil les rapides de la Manigance pis ceux de la Cuisse, deux rivières malcommodes en pas pour rire. Mon Fefi

Labranche t'en a sacré un coup, à faire frémir dans son lard même un piqueux comme moi qui se bâdre pourtant pas du bon Dieu parce que les scrupules de conscience, c'est pas mon fort. Mais tord-nom, il y a toujours un boutte pour envoyer toute la sainteté chez le diable, n'est-ce pas ?

Par malheur, notre canot était plus gros, plus pesant, plus chargé que les autres, de sorte que dès le premier rapide, on s'est vitement trouvé dégradé. Ça fait que Fefi Labranche, qui n'avait plus d'ordre à recevoir de personne, nous en donnait sur les quatre faces, faisant son p'tit Jean Lévesque, en veux-tu, en v'là, depuis les chenaux jusqu'à la hauteur des terres. Fallait lui voir ça sortir du margoulon, comme une trâlée de crapottes puants ! Me semble voir encore le renégat, avec sa face de réprouvé, crachant les blasphèmes comme le jus de sa chique ! « Je veux que le diable m'enlève tout vivant par les pieds ! » qu'il répétait tout le temps. C'était là, comme on dit, son patois. J'avais pour voisin de tôte un nommé Tanfan Jeannotte, de Saint-Anne-la-Parade, qui pouvait pas entendre sacrer mon Fefi Labranche sans raboter entre ses dents :

— Le diable, pour sûr qu'il va t'enlever à quelque détour, mon maudit ! Pis c'est pas moi qui ferai dire des messes pour ta chienne de carcasse, non certain !

Passé la rivière Caribou, on arrivait à la Bête-Puante, une boufresse qui se rétine tout croche pis qui m'avait déjà fait passer trois jours et trois nuittes à cheval sur un billot, en pleine jam !

Parce que le soir s'approchait, l'œil snoraud en pas pour rire, on parla de camper à l'encolure de la Bête-Puante.

— Camper icitte à la Bête-Puante ? Ben, allez vous faire sacres ! dit Fefi Labranche. Je veux que le diable m'enlève tout vivant par les pieds si on cabane pas ailleurs ! C'est-y clair, ma gagne de calvaires ?

— Plus clair que ça, t'as toute la litanie interbolisée dans l'équipette du coffre ! Mais si on campe pas icitte, où ça pourrait ben être d'abord ?

— On va se laisser tomber les erminettes au mont à l'Oiseau, calvinsse ! Pis si y en a un qui veut s'ostiner avec moi là-dessus, j'y fourre un coup de fusil entre les deux yeux, calvasse !

Comme on savait le pendard capable de tuer père et mère, chacun fit donc le mort. Faut dire que juste l'évocation du mont à l'Oiseau, c'était déjà suffisant pour nous calmer le troufignon. N'importe quel voyageur du Saint-Maurice vous dira qu'il aimerait cent fois mieux coucher tout fin seul au cimetière plutôt que de camper, même en grosse gagne, dans les alentours du mont à l'Oiseau. Imaginationnez une véreuse de montagne de mille pieds de haut, tranchée à pic comme une torquette de lard coupée au rasoir, pis qui se serait posté en plein travers du chenail pour barrer le passage aux chrétiens désireux de monter plus loin. Le pied du cap tombe drette dans l'eau avec, par-ci par-là, des gueuses de petites anses que même une tasse voudrait pas s'accrocher après. Dans un coin pareil, je vous dis qu'on a pas envie pantoute de se mettre à planter le chêne pour faire des pieds de nez, surtout pas à la bonne Sainte-Anne-de-Parade !

Mais ça, c'est encore rien par rapport au gueulard qui habite le mont à l'Oiseau. Un gueulard, c'est autrement pire que même la bête à grand'queue parce que celle-là, on l'a vue tout le monde, quatre pis quarante fois. Un gueulard, c'est une amanchure de bête qui appartient ni à la congrégation des chrétiens ni à la race des protestants. C'est ni anglais, ni catholique, ni sauvage. Mais ça vous a un gosier, par exemple, que ça hurle comme pour l'amour du bon Dieu, quoique ça vienne du fin fond des enfers. Quand un voyageur a entendu le gueulard, il peut dire : « Mon testament est fait. Salut, je t'ai vu. Adieu, je m'en vais. » Pour sûr, il y aura des cierges autour de son cercueil avant la fin de l'année !

Et puis, pas de gueulard sans ce qu'on appelle la danse des jacks mistigris. Figurez-vous une bande de scélérats qui ont pas sur les os assez de peau tout ensemble pour faire une paire de mitaines à un quêteux. Des squelettes de tous les gabarits pis de toutes les corporations : des petits, des grands, des minces, des élingués, des biscornus, des têtes de bœuf sur des cuisses de grenouilles, des plantés drette deboutte sur un ergot, pis d'autres se traînant à six pattes comme des araignées ! Tout ça avec des faces de revenants, des comportements d'impudiques pis des gueules si mal avenantes que même les bêtes puantes se revirent à l'envers dans leurs amourettes rien qu'à sentir leurs respirs ! À minuit, le gueulard pousse son hurlement, ce qui force les jacks mistigris à transparaître. Faut les voir ressoudre de partout en dansant, en sautant, en se roulant par terre, en ruadant, en gigotant, en faisant cliqueter leurs ossements dans des contorsions épouvantables, en se bousculant, pêle-mêlés comme une fricassée du

Mardi-Gras. Une sarabande de damnés, une sasacoua d'enfer, c'est ça la danse des jacks mistigris.

S'il y a un chrétien dans les environs, il est fini. En dix minutes, il est sucé, vidé, grignoté, viré en squelette. S'il n'a point la chance d'être en état de grâce, le voilà à son tour enmorphosé en jack mistigri pis condamné à mener cette vie-là de chien jusqu'au grand jour de l'Apocalypse.

Maintenant, je vous demande si c'était ben réjouissant pour nous autres d'aller camper au milieu de cette nation-là ! On l'a fait pourtant, à cause de Fefi Labranche qui nous ouatchait avec son fusil, tous les saints du calendrier passés dans son insécrable gosier. Fallait ben obéir. Comme on avait tout le monde une faim de croquemitaine, un bon feu de bois sec fut vite allumé, puis la marmite se mit à mijoter sa p'tite chanson comme dans les bonnes années.

Naturellement, on avait pas pris le temps d'installer une cambuse dans le principe, comme dit M. le curé. Il y avait là une grosse talle de bouleaux, pis j'en avais crochi un gros pied ben solide, qu'on avait amarré, en le bandant avec la bosse du canot, comme on fait pour les pièges à loups. C'est comme ça qu'on pend la crémaillère, dans le voyage, quand on a une chance pis qu'on est pressé.

Pas la peine de vous raconter le souper, n'est-ce pas ?

Je vous dirai que ça : la peur du gueulard pis des jacks mistigris nous empêcha pas de nous licher les badingoinces pis de nous ravitailler les intérieurs. Ces sacs à malices, ça peut couper l'appétit aux raftmen qui ont leurs trois bons repas par jour ; mais pas quand il est sept heures du soir, qu'on a nagé contre le courant comme des malcenaires depuis six heures du matin, avec seulement pas le temps d'allumer une pipée, pis sans autre désennui que des sacres pour accorder les avirons!

Après le souper, je dois dire qu'on avait le visage d'une longueur respectable; j'avais pas besoin non plus de rappeler à personne de fermer sa boîte, je vous le garantis. On se regardait toute la chibagne sans rien dire, excepté, comme de raison, Fefi Labranche, qui lâchait de temps en temps sa bordée de sacres, que c'était comme une litanie.

Pour lorsse, personne grouillait; c'est à peine si on osait tirer une touche, quand le sournois à Tanfan Jeannotte se mit à rôder, à rôder, comme un malabar qui jongle à quelque plan de nègre. À tout moment, il nous passait sur les pieds, s'accrochait dans nos jambes étendues devant le feu. C'était ben suffisant pour que la chicane prenne entre lui pis Fefi Labranche, avec des chipotées de blasphèmes que c'était pire que de la bourrasque.

Moi, ça me crispait.

— C'est pire qu'un mal de ventre de voir un chrétien maganer le bon Dieu de cette façon-là! que je dis au Fefi Labranche.

— Le bon Dieu? que reprend le chéti en ricanant. S'il y a un bon Dieu par icitte, je veux que le diable m'enlève tout vivant par les pieds!

Bon sang de mon âme! Croyez-moi ou ben croyez-moi pas: Fefi Labranche avait pas lâché son dernier sacre qu'il sautait comme un crapotte, les quatre fers en l'air, en poussant un cri de mort capable de mettre en fuite tous les jacks mistigris pis le gueulard du Saint-Maurice en même temps. Il se trouvait tout simplement pendu par les pieds, au boutte de notre bouleau qui avait lâché son amarre; et l'indigne se payait une partie de balancine, à six pieds de terre, la tête en bas, sa longue crignasse échevelée faisant qu'un rond que fouettait le vent comme la queue d'un cheval piqué par une nuée de frappe-à-bord. Puis, tout à coup, bedigne bedagne: la tête de notre sacreur vint passer aura nos tisons, pis... ft... ft... ft... voilà-t-y pas que le feu pogne dans la tignasse de Fefi Labranche! Une vraie flambée d'étoupe, les enfants! Moi, je saute sur ma hache, je frappe sur l'arbre, puis crac: voilà mon Fefi Labranche qui se retrouve dans la fardoche, sans connaissance, avec plus un brin de poil sur le concombre pour se friser le toupette!

Pas besoin de vous dire que, cinq minutes après, toute la gang était dans le canot pis, quoique ben fatiguée, naviguait à tour de bras pour s'éloigner de cette montagne de malheur où personne ne passe depuis ce temps-là sans raconter l'aventure de Fefi Labranche.

Quant à lui, le bougre, il fut quinze jours ben malade, incapable même d'ouvrir les yeux sans voir les jacks mistigris pis le gueulard du Saint-Maurice en train de lui tâter les pieds avec un nœud coulant à la main.

Comme de raison, tout le chantier croyait trouver là-dedans une punition du bon Dieu, pour pas dire une manière de miracle. Mais moi qui avais ouatché Tanfan Jeannotte, je l'avais trop vu nous piler sur les pieds, se faufiler dans nos jambes, puis tripoter la chaîne de la marmite pour pas me douter que, dans l'affaire du bouleau, il pouvait ben y avoir une punition du bon Dieu, mais en même temps une petite vengeance de raftman.

Quoi qu'il en soit, comme dit M. le curé, ce fut fini drette d'en par-là pour les sacres: Fefi Labranche passa l'hiver dans le chantier, sans lâcher même un insignifiant «ma foi de gueux». Il suffisait de dire: «Que le yiabe m'emporte!» pour le faire virer sur ses talons comme une toupie sur sa bobinette!

J'ai revu le Fefi Labranche quatre ans après son aventure: il était en jupon noir pis en surplus blanc, en train de moucheter des cierges dans la sacristie de l'église des Piles, avec une espèce de petit capuchon de fer-blanc au boutte d'un manche de ligne.

— Fefi, que je lui dis.

— De quoi? qu'il me répond.

— Tu reconnais pas le piqueux qui était avec toi quand le gueulard du Saint-Maurice t'a découenné le lard le long des côtes?

— Non! qu'il me dit tout sec en me regardant de travers avant de prendre l'escampette comme si j'avais fait craquer une allumette sous sa jupe de bedeau.

Ce qui prouve que si Fefi Labranche s'était guéri de sacrer, il s'était pas guéri pantoute de mentir!

Voilà les enfants. Sur le long comme sur le large, je vous ai raconté l'histoire de mon Fefi Labranche qui portait ben son nom. Cric, crac, cra, ma gagne de piqueux! Serrez les risses, fermez les écluses! Sacàtibis, sacàtabacs! Ben le bonsoir, la compagnée!

IX

LA JONGLEUSE
DE GESPEG

Des fois, on souhaiterait que le temps s'arrête, on souhaiterait empêcher la terre de tourner comme Josué l'a fait avec sa trompette devant Jéricho. Des fois, on souhaiterait ne point vieillir, mais rester éternellement cette chose encore indéfinie qu'on appelle un enfant parce que la faculté de s'émerveiller, ça finit toujours par se perdre quelque part en chemin quand le quotidien de la vie se met à prendre toute la place, nous sollicitant si bien, de dextre comme de senestre, que le monde des sorciers, des croque-mitaines, des loups-garous, des feux-follets et du grand Lucifer lui-même, meurt pour ainsi dire de sa belle mort, emporté par la fureur de vivre.

Quand on grandit, toute maison devient basse de plafond et l'on se met à voir de proche ce que l'œil, autrefois, n'atteignait même pas. Par conséquent, le merveilleux, et le mystère qui l'enveloppe, ça finit par perdre toute possibilité d'enmorphosage et d'envoûtement; ça nous laisse en quelque sorte orphelins dans ce grand cirque ordinaire qu'est le monde des adultes.

Moi, j'aurais pas voulu vieillir et j'aurais pas voulu que mon grand-père vieillisse non plus. J'avais trop soif encore de contes et de légendes, j'avais trop besoin encore de la boutique de forge, de son feu qu'on entretenait en maniant l'énorme soufflet noir dont la gueule faisait tempête dans le charbon, j'avais trop envie encore de chansons naïves dans lesquelles la bête à grand'queue faisait la ronde avec le gripette, le gueulard du Saint-Maurice ou bien le jack mistigri.

Pour tout dire, une grande tristesse me pogna au ventre ce soir-là quand, m'en revenant de l'école, je passai devant la boutique de forge de mon grand-père et me rendis compte que les grandes portes étaient complètement fermées. Je passai par l'écurie jouxtant la boutique pour découvrir mon grand-père qui, dégreyé de son grand tablier de cuir, était assis devant le feu éteint. Il avait les yeux pleins d'eau et chantonnait, sa voix de stentor encore plus grave qu'à l'accoutumée :

C'est notre terre de Gespeg
C'est notre terre de Gespeg
Qu'est le pays des écharpés
Toure-loure ;
Dansons à l'entour,
Toure-loure ;
Dansons à l'entour,
Toure-loure.

Venez-y tous en survenants
Venez-y tous en survenants
Sorciers, lézards, crapauds, serpents,
Toure-loure ;
Dansons à l'entour,
Toure-loure ;
Dansons à l'entour,
Toure-loure.

C'était une manière de comptine que je n'avais encore jamais entendue. J'allai vers mon grand-père, le regardai droit dans les yeux et lui demandai :

— Pourquoi tu pleures, grand-père? Pourquoi tu chantes aussi bas?

— Parce que le temps est venu pour moi de quitter la boutique de forge, répondit-il en passant sa grosse main dans ses poils d'humanité. Demain, c'est ton oncle Archille qui va ferrer les chevaux ou marteler l'enclume avec la grosse masse. Moi, je suis deviendu trop vieux pour jouer encore au maréchal-ferrant.

Je montai sur ses genoux, me blottissant contre son épaule qui sentait la bonne odeur des chevaux, la limaille de fer et la suie de charbon. Je me mis à sangloter, tout mon corps en démanche à cause de ce que mon grand-père venait de dire. J'en comprenais la désespérante réalité: demain, je ne pourrais plus être un enfant à qui le Bonhomme Sept Heures viendrait tirer les orteils la nuit. Demain, je serais devenu si grand qu'il me faudrait quitter le village pour aller étudier dans le Grand Morial, dans un monde qui faisait bon marché des jacks mistigris, du gueulard du Saint-Maurice, du gripette ou bien de la bête à grand'queue.

— Je ne veux pas, dis-je à mon grand-père.

— C'est encore loin demain. Peut-être que tous les deux, on va rester plantés au milieu de la nuitte, comme des escogriffes étampés quelque part sur une page de livre. Ça voudra simplement dire que, venus du conte, on s'en retourne tous les deux comme au beau mitan de lui, dans l'extra-monde dont nul voyageur ne peut franchir les frontières deux fois.

Je ne savais pas trop ce que les paroles de mon grand-père pouvaient bien signifier. Ce que je savais par contre, c'est que je voulais qu'il me raconte une dernière histoire, si longue que toute ma vie passerait dedans, loin du monde trop enfoncé dans le quotidien des choses pour prendre chaleur rien qu'au plaisir des mots. Aussi dis-je à mon grand-père:

— Tu chantais quand je suis entré dans la boutique de forge. Raconte-moi l'histoire de ce que tu chantais. Moi, je vais me faire tout petit contre ton épaule pour que demain n'arrive jamais. Mais allume ta pipe d'abord: faut toujours de la fumée quand on conte quelque chose.

Mon grand-père bourra sa pipe, fit craquer la grosse allumette de cèdre, enflamma le tabac puis, après avoir fait venir les volutes sacrées, il commença:

— Cric, crac, cra, mon garçon. Écoute ben ce que je vais te raconter dans mes parli, parlo, parlons, parce que demain, c'est toi qui vas prononcer les rituels sacàtabis, sacàtabacs à ma place. Astheure, ouvre tout grand les portes de grange qui te servent d'oreilles. Mon conte, je le commence tout drette d'en par là, par la suite de la ritournelle que je chantais quand t'es entré dans la boutique de forge. Les mots de ça disaient encore:

    Allons, gai, compèr' lutin!
    Allons, gai, mon cher voisin!
    Allons, gai, compèr' qui fouille,
    Compèr' crétin la grenouille!
    Des chrétiens, des chrétiens,
    J'en ferons un bon festin.
    Ah! viens donc, compèr' Jacquot,
    Ah! viens donc, méchant pourceau!
    Dépêch'-toi, compèr' l'andouille,

> Compèr' boudin la citrouille ;
> De François, de François,
> J'en f'rons un bon saloi !

Cette chanson-là, c'était celle de la jongleuse qu'on appelait aussi la sauvagesse enmorphosée, une créature qui a eu son règne quand le Canada n'était même pas encore un amas de cabanes. C'était dans ce temps-là des grandes découvertes : les Basques avaient balisé le golfe Saint-Laurent jusqu'à Tadoussac, puis Jacques Cartier avait pris possession du Nouveau Continent en plantant une croix devant le rocher Percé, sur les hauteurs de Gespeg, un mot micmac qui veut dire terre de la fin du monde. Pour quelqu'un qui arrivait de l'autre bord de l'océan, c'était là une expression qui convenait parfaitement : des crans de roches hauts comme des cathédrales ; des arbres dont six hommes ensemble, leurs bras tout étirés, n'arrivaient même pas à faire le tour ; des torrents pas navigables en guise de rivières pis, comme peuplement, des sauvages qui faisaient peur parce qu'on ne comprenait point souvent ce qu'ils faisaient, ce qu'ils voulaient, ce qu'ils disaient.

Pour lorsse, il y avait parfois de l'escarmouche entre les Blancs pis les Micmacs à qui la terre de Gespeg appartenait. Craintifs, les Blancs étaient rapides sur le mousquet ; ça leur arrivait de tirer d'abord pis de demander à entrer en parlementerie après. C'est ce qui est survenu avec le compagnon de la jongleuse, abattu pour ainsi dire par mégarde sur la plus haute butte de Gespeg par un matelot que la peur avait pogné dans son bras-le-corps. Cette mort-là a donné naissance à la légende la plus ancienne de la terre de la fin du monde, celle de la jongleuse, ben évidemment.

Chez les peuples sauvages, un jongleur, c'était pas quelqu'un en train de faire des simagrées avec des boules de caoutchouc qu'on fait bourlinguer dans les airs sans jamais en échapper une par terre. Chez les peuples sauvages, un jongleur, c'était plutôt quelqu'un de versé dans la sorcellerie : il pouvait faire apparaître le Tremble-terre, un démon capable de séparer en deux n'importe quel cran rocheux, ou ben de soulever les vagues de la mer Océanne en tornades si furieuses qu'un bateau se prenant dedans était condamné pour toujours à tourner en rond dans un linceul de brumes noires comme l'enfer. Le jongleur pouvait aussi envoûter n'importe quel chrétien, lui faire prendre sa vessie pour une lanterne, pis le transformer en squelette forcé de courir la galipote sur les pics de granit dès que la nuitte se montre le boutte du mufle.

Fâchée contre l'homme blanc qui avait tué son compagnon, c'est ce que devint la sauvagesse : une jongleuse, la plus célèbre de toute cette partie-là connue comme étant celle de la fin du monde. Le jour, la jongleuse restait ben tranquille au milieu de la forêt ; assise à l'indienne sous un grand pin, elle faisait venir des profondeurs de la terre le mauvais sang qui ferait d'elle une jongleuse. Elle marmottait aussi des tas de paroles magiques que la bête à grand'queue connaissait en seulement même pas ! Elle chantait aussi, pour que la magie noire prenne toute la place dans son corps teindu aux couleurs de la vengeance, dans des oripeaux qui bougeaient sur elle comme si toute la confrérie des batraciens y garvaudait sabbat en même temps :

>C'est notre terre de Gespeg
>C'est notre terre de Gespeg
>Qu'est le pays des écharpés
>Toure-loure ;
>Dansons à l'entour,
>Toure-loure ;
>Dansons à l'entour.
>Venez-y tous en survenants,
>Venez-y tous en survenants,
>Sorciers, lézards, crapauds, serpents,
>Toure-loure ;
>Dansons à l'entour,
>Toure-loure ;
>Dansons à l'entour.

Le soir venu, la jongleuse allait s'asseoir sur le plus haut cran rocheux de Gespeg, hurlant à tue-tête son satané refrain. Les voyageurs qui s'adonnaient à passer par là en restaient souvent interbolisés pour le restant de leur vie. C'est ce qui est arrivé à Job Horton pis à Gros-Lard Dancausse, matelots à bord d'une goélette française, qu'on envoya sur les battures de Gespeg pour quérir de l'eau douce. Parce que les deux toxons avaient déjà pêché la baleine dans l'encolure du golfe, ils s'imaginaient tout savoir. Mais cet après-midi-là, un méchant vent leur tomba dessus, manquant les faire chavirer en pleine mer. Il a fallu qu'ils en rament un sacré coup pour accoster enfin dans Gespeg, à quelques arpents d'où la jongleuse se préparait à invictimer la compagnée. La nuitte était noire comme un cul de fossé, descendue par paquets ben fagotés. Dans le bois, les loups hurlaient à mourir du mal poumonique. Si fanfarons d'habitude, Job Horton pis Gros-Lard Dancausse en avaient les tignasses qui frisottaient toutes seules tellement c'était loin d'être hospitalier là où c'est qu'ils se retrouvaient, comme si les arbres mêmes étaient deviendus de grands calabres avec des bras prêts à vous étouffer les marsipiaux.

Pour dire comme on raconte des fois, c'était du ben méchant temps à passer dans Gespeg, à des milles pis des milles marins de la goélette faisant le gros dos dans le vent du large. Pour lorsse, Job Horton pis Gros-Lard Dancause poussèrent à l'unisson un grand cri de soulagement quand, examinant le coin où ils avaient déméri, ils virent un feu illuminant le cran rocheux sur lequel trônait la jongleuse.

— Tiens, se dirent-ils, il y a des voyageurs arrêtés là, comme nous autres icitte. Faut aller les voir.

Ils montèrent donc jusqu'au cran rocheux mais trouvèrent là ni canots, ni voyageurs, comme de ben entendu, parce que c'était la jongleuse qui occupait l'endroit, assise aura le feu magique, ses oripeaux grouillant de lézards, de crapauds pis de serpents, comme ensorcelés par la chanson qu'elle chantait:

Sorciers, lézards, crapauds, serpents,
Toure-loure;
Dansons à l'entour,
Toure-loure;
Dansons à l'entour.

C'était déjà impressionnant pour deux mistigoches fraîchement débarqués dans Gespeg. Mais quand ils s'approchèrent encore de la jongleuse, ce fut pour s'apercevoir que sa chevelure pis ses membres dégouttaient d'une eau si démone, qu'elle ne faisait pas de vapeur et ne mouillait point quand on la touchait. C'était pareil pour le feu : il ne donnait pas même semblance de chaleur. Tu jetais dedans une écorce, pis cette écorce-là restait intacte. Quand Job Horton mit la main dans la braise pour en retirer un tison tout rouge, sa surprise fut plus grande encore : le tison était frette comme une poignée de cercueil.

— Décampons ! dit Gros-Lard Dancausse. On a affaire à Belzébuth, c'est certain !

Les deux se mirent à courir vers les battures où ils avaient amarré leur chaloupe. Ça faisait une sasacoua d'enfer dans leur dos, à croire que la jongleuse se grapignait amont eux autres. Je dirai encore qu'une chose : on aura rarement vu deux matelots sauter comme Job Horton pis Gros-Lard Dancausse dans une barque comme ils l'ont fait alors que le Tremble-terre secouait les crans de roche comme s'il s'agissait de torquettes de gravelle.

Mais les deux écharpés avaient beau ramer à s'en déboîter la corporation, la chaloupe n'avançait point d'une sacrée miette, à cause de la jongleuse devenue la bête à grand'queue, moitié loup-garou pis moitié matou sauvage, qui avait pris place elle aussi dans la chaloupe, des tisons à la place des yeux, des griffes longues d'un empan en guise de pieds pis de mains. Ça a pas pris goût de tinette que le fond de la chaloupe devint une passoire, emportant par le fond les deux matelots enfirouapés par la jongleuse.

Dans l'histoire de Gespeg, ces deux matelots-là ne furent pas les seuls à subir le même mauvais sort, la jongleuse en noyant plusieurs autres au beau mitan de nuittes orageuses, avec du tonnerre se déjetant du ciel pis du Tremble-terre capable de faire éclater le ventre même des enfers, là où c'est tout le temps la fin du monde.

Quand on passe dans ces parages-là, il n'y a qu'une façon de point sombrer, tout égagouillé dans les maléfices démoniaques de la jongleuse : c'est celle de chanter son satané refrain plus fort qu'elle :

> C'est notre terre de Gespeg
> C'est notre terre de Gespeg
> Qu'est le pays des écharpés
> Toure-loure ;
> Dansons à l'entour,
> Toure-loure ;
> Dansons à l'entour.
> Venez-y tous en survenants,
> Venez-y tous en survenants,
> Sorciers, lézards, crapauds, serpents,
> Toure-loure ;
> Dansons à l'entour,
> Toure-loure ;
> Dansons à l'entour !

Toute la soirée, je chantai avec mon grand-père la chanson de la jongleuse pour qu'elle s'imprime si fort dans ma mémoire que jamais je ne pourrais l'oublier. Je regardai aussi tous les recoins de la boutique de forge, j'en humai fort et longtemps toutes les odeurs alors que lentement, le feu s'éteignait et que la noirceur tombait au-dessus de nous. J'étais plein d'une grande tristesse à la pensée que mon grand-père ne ferait plus jamais d'escarboucles de feu avec son gros marteau, ni ne soulèverait plus l'enclume par son bigorneau. Il allait bientôt sortir du conte par les grandes portes de la boutique de forge pour voyager dans l'espace blanc aux confins de Gespeg, là où c'est la fin du monde pour tout le temps.

— Raconte encore, grand-père. S'il te plaît, raconte.

— C'est fini, mon garçon. Mon règne est passé de l'autre bord de son temps. C'est le tien qui commence maintenant. Dis avec moi les paroles sacrées qui vont te donner le droit de narrer à ma place les aventures de la jongleuse, celle du croque-mitaine, celle de la chasse-galerie, du Massou Marcou, du jack mistigri, du gueulard du Saint-Maurice ou ben de la bête à grand'queue. Dis avec moi :

— Cric, crac, cra, les enfants ! Sacàtibi, Sacàtabac ! Passez-moi le crachoir pour que dans mes parli, parlo, parlons, je vous racontions mon histoire par le long comme par le large ! À la porte, ceux qui n'écouteront pas ! Ben le bonsoir, toute la compagnée ! Ben le bonsoir !

Lexique

A

Abriller: border
Achalant: fatigant
Agace-pissette: sainte nitouche
Ajoutationner: déformation
 de ajouter
Alouette: luette
Amanchure: corps
Ameiller: commencer
Amourettes: testicules
Au lieu: à la place de
Aura: près de
Avoir la touisse: avoir la manière

B

Badingoinces: joues
Badingoinces: lèvres
Balancine: balançoire
Banc de neige: congère
Barber: provoquer
Bardache: homme aux hommes
Bécosse: cabinet extérieur
Bed: lit
Bête à grand'queue: diable
Betôt: bientôt
Blondes: amies
Boîte: bouche
Bondance: juron inoffensif
Boquer sur le bacul: protester
Borlot: déformation de berlot
Boss: patron
Boufrèses: grosses
Boufresse: vaurienne
Bougrine: manteau
Bourgeoise: épouse
Bourlinguer: tournoyer
Bourrasque: grand vent
Bout de Christ du Saint-Câlisse:
 blasphème
Bout de crime: juron inoffensif
Boutte: déformation de bout
Boxon: stalle
Brosseux: ivrogne
Brulôt: feu
Bytown: Ottawa

C

Caboche: tête
Cabochon: tête
Cache-cache mitoulas: jeu du chat
 et de la souris
Calabres: cadavres, squelettes
Calvaire: juron
Calvinsse: juron inoffensif
Cambuses: vieilles cabanes
Campe: déformation de camp
Caneçons: déformation de caleçons
Capitaine Népos: célèbre navigateur
 de l'antiquité
Casque de crémeur: casque de beurrier
Chaudaille: ivre
Chaussons: souliers
Chesse: déformation de sec
Chéti: maigrelet
Chiant-en-culottes: poltron
Chibagne: bande
Chicanure: chicane
Chipotées: salves
Chiquette: peccadille
Chrétien chevelu: tête
Cipaille: plat de viande sauvage,
 de patates et de pâtes
Colleux: teigneux
Compagnée: compagnie,
 rassemblement de personnes
Congestion de poumons: embolie
 pulmonaire
Consumation: fin
Coquecigrue: personne bizarre
Corbigeauds: gros étourneaux
Cordeaux: guides
Corporation: corps
Couckerie: cuisine
Courir le billet doux:
 courir la prétentaine
Courtisaneries: avances
Crans de tuf: roches stratifiées,
 roussâtres ou gris-bleu
Crapottes: déformation de crapauds
Créatures: femmes
Crignasse: chevelure

[147]

Crigne : chevelure
Crinquées : présentées
Croque-mitaine : sorcier
Croxignole : tête
Croxignoles : pâtisseries du genre
    beignet

D
Débriscailler : défaire
Défardocher : débroussailler
Déflaboxant : dérangeant
Défriser de la capine : devenir fou
Défuntiser : mourir
Dégradé : distancé
Dégreyer : déshabiller
Démérir : accoster
Deviendu : déformation de devenu
Drave : transport du bois par flottage
Draveur : ouvrier spécialisé
    dans le flottage du bois
Drette : droit

E
Écharpés : échardés
Écores : ravins
Écrianché : très prononcé
Égarouillés : perdus
Élingués : échalas
Encabaner : prendre maison
En démanche : désarticulé
Endormitoire : sommeil
Enfirouapée : envoûtée, médusée,
    trompée
Enmorphoser : transformer
En rabette : en chaleur
Équipette du coffre : corps
Erminettes : pieds
Esbaudis : étourdis
Estatue : déformation de statue
Estourbis : interloqués
Être d'adon : être d'accord
Être tiguidou : être bien

F
Faire ribote : faire bombance
Falle : jabot
Fantiseuse : excentrique
Fardoche : broussaille
Feluette : femmelette

Fifollette : feu follet
Flique : bande de lard
Follette : fou
Foreman : contremaître
Formance : forme
Fouette : déformation de fouet
Fourbi la reliure : esquinté
Frais-chié : prétentieux
Frappe-à-bord : sorte de gros taon
Frémilles : fourmis
Frettes : froids
Fricot : cabaret
Fricot de pattes : fricassée de pattes
    de porc
Friscoter : rougir

G
Gagne : bande
Galipoteux : coureurs d'aventure
Garvauder sabbat : bouger de partout
Gélivantes : glacées
Gélivrage : froid
Gélivures : grandes gelées
Gences : déformation de gens
Glissantes : galettes trempées
    dans la mélasse
Gorgoton : gorge, gosier
Grand Morial : déformation
    de Montréal
Grapigneuse : provocante
Gras des jambes : jarrets
Gravelle : gravier
Gréyer : habiller
Grichous : diables
Grichue : velue
Gripettes : diables
Grouiller : bouger
Gueloire : gloire
Guénillous : mendiants
Guerlots : déformation de grelots
Gueulard : esprit mauvais
Gueulard du Saint-Maurice :
    esprit malin
Guevalle : déformation de cheval

H
Harlapattes : doigts de pied
Horreurs de Montréal : déformation
    de aurores boréales

I

Icitte : ici
Insécrable : déformation de exécrable
Interbolisé : viré à l'envers
Interbolisée : interloquée
Interbolisés : marqués
Invictimer : engueuler

J

Jacks mistrigris : gripettes, diables
Jacks mistigris : lutins
Jam : entassement de billes de bois dans un cours d'eau
Jarnigoine : cerveau
Jarnigoine : jugement
Jobs : emplois
Jos Montferrand : bûcheron, symbole de beauté et de force
Jos Morency : artiste du Bas-du-Fleuve
Jusqu'au rasibusse : jusqu'à la hauteur

L

Laitte : laid
L'Habitation : premier fort construit à Québec
Licher : déformation de lécher
Louis Cyr : homme fort québécois

M

Mâche-patates : bouche
Maganer : malmener
Mailloche : tête
Malcenaires : déformation de mercenaires
Manger de la balustre : être bigot
Margoulon : bouche
Marsipiaux : veines du cou
Maskous : sorbiers
Matchés : amis
Menoires : limons
Mistigoches : désignation dérisoire des Français par les Amérindiens
Money Musk : cotillon
Mosselle : muscle
Murphy : déformation de Morphée

N

Ne pas prendre goût de tinette : aller rapidement
Nippe : verre d'alcool
Nuitte : déformation de nuit

O

Ordilleux : orgueilleux
Oreilles de Christ : grillades de lard
Oripeaux : habits excentriques
Ouaguine : voiture
Ouatcher : surveiller

P

Pacage : pâturage
Pansufique : ventre
Paroissien : corps
Parti : groupe
Pas ragoûtante : pas séduisante
Patois : expression favorite de quelqu'un
Pattatonne : gros exploitants forestiers
Pichou : vieux soulier
Pigrasser : patauger
Pinottes : cacahuètes
Piqueux : celui qui ébranche les arbres
Pis : et
Pis : puis
Pleumats : omoplates
Pleumé : scalpé
Poigner le fixe : entrer en transes
Poils d'humanité : barbe
Portraiture : portrait
Pour lorsse : par conséquent
Pour lorsse : pour le sûr

Q

Quêteux : mendiant

R

Rabauder : courir
Racoins : angles
Radouber : réparer
Raftman : conducteur d'un radeau
Ranci la corporation : ramolli le corps
Rataboisées : pourrissantes
Ravages : boisés ravagés par les chevreuils qui s'y rassemblent l'hiver
Ravagnard : hostile
Ravauder : rôder
Refoule : embouchure
Refrédir : refroidir

Remembrer: rappeler
Renippé: toiletté
Requinben: quant-à-soi
Résolver: absoudre
Respir: respiration
Revigorant: alcool
Ribambelle: ribandelle
Ribaute: sabbat
Ribauter: errer
Riboter: s'agiter
Rinquier: les reins
Risses: avirons
Royaume des sulpiciens: nom donné à Montréal en l'honneur de ses premiers prêtres

S

Sacàtibi! Sacàtabac!: sac à tibi, sac à tabac
Sacres: blasphèmes
Sagamo: chef amérindien
Sans équipollence: sans comparaison
Sarabande: trâlée
Sasacoua: sabbat
Se bâdrer: se préoccuper
Se bourrailler: s'agiter
Se bourrailler: se bousculer
Se dégreyer: se déshabiller
Se grapigner: se coller sur quelqu'un ou sur quelque chose
Se marier sous la couverte: vivre en concubinage
Se matcher: faire équipe avec quelqu'un
S'enmorphoser: se métamorphoser
S'enpoumonner: s'époumonner
Se paqueter la fraise: s'enivrer
Se regricher: se rebrousser
S'esbaudir: s'amuser, s'étourdir
S'escouer les pleumats: secouer les épaules
Sesque: sexe
Shire: embardée
Simagrées: mimiques
Sleigh: traîneau à patins
Snoraud: noir comme de l'encre
Souleurs: frissons
Surbroquée: surnommée
Survenants: morts-vivants

Swigner la basquaise dans le fond de la boîte à bois: danser

T

Tapons: groupes
Tapon: tas
Tarabuster: secouer
Teindu: teint
Têtes-de-Boules: tribu amérindienne
Ti-Oui: Louis
Tornon: déformation du juron tord-nom
Torquettes: morceaux
Torvisse: juron inoffensif
Tôte: barre sur laquelle sont assis les raftmen
Toupette: déformation de toupet
Toxon: gros homme doué d'une grande force
Tracas: gros croquignoles faits de pâte non sucrée
Transparaître: sortir des limbes
Tremble-terre: séisme
Trigauder: tromper
Troufignon: califourchon
Truchements: interprètes
Tusuite: maintenant

V

Véreuse: drôle
Virebroquin: vilebrequin
Vlimeux: rusé
Vocationne: travaille

Y

Yiabe: déformation de diable

Table des matières

- 9   Introduction
- 23   I   LE MASSOU MARCOU DU VIEUX FORT
- 37   II   ROSE LATULIPPE
- 51   III   LE TUYAU DE CASTOR DE JEAN-OLIVIER CHÉNIER
- 65   IV   LA CHASSE-GALERIE
- 79   V   LA MONSTRESSE GOUGOU DE TADOUSSAC
- 93   VI   LE GRAND CHEVAL NOIR DU DIABLE
- 105   VII   LE SORCIER FARCEUR D'ANTICOSTI
- 119   VIII   LE GUEULARD DU SAINT-MAURICE
- 133   IX   LA JONGLEUSE DE GESPEG
- 147   Lexique

Cet ouvrage, composé en **Frutiger** 10/16,
a été achevé d'imprimer sur les presses
de Marc Veilleux, imprimeur à Boucherville,
en octobre mil neuf cent quatre-vingt-dix-huit.